COMEDIA FAMOSA DE PEDRO DE URDEMALAS

MIGUEL DE CERVANTES SAAVEDRA

LOS QUE HABLAN EN ELLA SON LOS SIGUIENTES:

PEDRO DE URDEMALAS.
CLEMENTE, *zagal.*
CLEMENCIA *y* BENITA, *zagalas.*
CRESPO, *alcalde, padre de Clemencia.*
SANCHO MACHO *y* DIEGO TARUGO, *regidores.*
LAGARTIJA *y* HORNACHUELOS, *labradores.*
REDONDO, *escribano.*
PASCUAL.
Un SACRISTÁN.
MALDONADO, *conde de gitanos.*
MÚSICOS.
INÉS *y* BELICA, *gitanas.*
Una VIUDA, *labradora.*
Un LABRADOR, *que la lleva de la mano.*
Un CIEGO.
El REY.
SILERIO, *un criado del rey.*
Un ALGUACIL.
La REINA.
MOSTRENCO.
MARCELO, *caballero.*
Dos REPRESENTANTES, *con su autor.*
Un LABRADOR.
Otros tres FARSANTES.
ALGUACIL *de comedias.*

JORNADA PRIMERA

Entran PEDRO DE URDEMALAS, **en hábito de mozo de labrador, y** CLEMENTE,
como zagal.

CLEMENTE

  De tu ingenio, Pedro amigo,
y nuestra amistad se puede
fiar más de lo que digo,
porque él al mayor excede,
y della el mundo es testigo;
  así, que es de calidad
tu ingenio y nuestra amistad,
que, sin buscar otro medio,
en ambos pongo el remedio
de toda mi enfermedad.
  Esa hija de tu amo,
la que se llama Clemencia,
a quien yo Justicia llamo,
la que huye mi presencia,
cual del cazador el gamo;
  ésa, a quien naturaleza
dio el estremo de belleza
que has visto, me tiene tal,
que llega al punto mi mal
do llega el de su lindeza.
  Cuando pensé que ya estaba
algo crédula al cuidado
que en mis ansias le mostraba,
yo no sé quién la ha trocado
de cordera en tigre brava,
  ni sé yo por qué mentiras
sus mansedumbres en iras
ha vuelto, ni sé, ¡oh Amor!,
por qué con tanto rigor
contra mí tus flechas tiras.

PEDRO

  Bobear; dime, en efeto,
lo que quieres.

CLEMENTE

Pedro, hermano,
que me libres deste aprieto
con algún consejo sano
o ayuda de hombre discreto.

PEDRO

> ¿Han llegado tus deseos
> a más que dulces floreos,
> o has tocado en el lugar
> donde Amor suele fundar
> el centro de sus empleos?

CLEMENTE

> Pues sabes que soy pastor,
> entona más bajo el punto,
> habla con menos primor.

PEDRO

> Que si eres, te pregunto,
> Amadís o Galaor.

CLEMENTE

> No soy sino Antón Clemente,
> y andas, Pedro, impertinente
> en hablar por tal camino.

PEDRO

> ([**Aparte**].) Pan por pan, vino por vino,
> se ha de hablar con esta gente.
> ¿Haste visto con Clemencia
> a solas o en parte escura,
> donde ella te dio licencia
> de alguna desenvoltura
> que encargase la conciencia?

CLEMENTE

> Pedro, el cielo me confunda,
> y la tierra aquí me hunda,
> y el aire jamás me aliente,
> si no es un amor decente
> en quien el mío se funda.
> Del padre el rico caudal
> el mío pobre desprecia
> por no ser al suyo igual,
> y entiendo que sólo precia
> el de Llorente y Pascual,
> que son ricos, y es razón
> que se lleve el corazón
> tras sí de cualquier mujer,
> no el querer, sino el tener
> del oro la posesión.
> Y, demás desto, Clemencia
> a mi amor no corresponde
> por no sé qué impertinencia
> que le han dicho, y así, esconde

de mis ojos su presencia;
   y si tú, Pedro, no haces
de nuestras riñas las paces,
ya por perdido me cuento.

PEDRO

O no tendré entendimiento,
o he de trazar tus solaces.
   Si sale, como imagino,
hoy mi amo por alcalde,
te digo, como adivino,
que hoy no te trujo de balde
a hablar conmigo el destino.
   Tú verás cómo te entrego
en holganza y en sosiego
el bien que interés te veda,
y que al dártele preceda
promesa, dádiva y ruego.
   Y, en tanto que esto se traza,
vuelve los ojos y mira
los lazos con que te enlaza
Amor, y por quien suspira
Febo, que allí se disfraza;
   mira a los rubios cabellos
de Clemencia, y mira entre ellos
al lascivo Amor jugando,
y cómo se va admirando
por ver que se mira en ellos.
   Benita viene con ella,
su prima, cual si viniese
con el sol alguna estrella
que no menos luz nos diese
que el mismo sol: tal es ella.
   Clemente, ten advertencia
que, si llega aquí Clemencia,
te le humilles: yo a Benita,
como a una cosa bendita
le pienso hacer reverencia.
   Dile con lengua curiosa
cosas de que no disguste,
y ten por cierta una cosa:
que no hay mujer que no guste
de oírse llamar hermosa.
   Liberal desta moneda
te muestra; no tengas queda
la lengua en sus alabanzas,
verás volver las mudanzas
de la varïable rueda.

BENITA

¿Por qué te vuelves, Clemencia?

CLEMENCIA

¿Por qué me vuelvo, Benita?
Por no verme en la presencia
de quien la salud me quita
y me da mortal dolencia;
   por no ver a un insolente
que tiene bien diferente
de la condición el nombre.

BENITA

Apostaré que es el hombre
por quien lo dices Clemente.

CLEMENTE

¿Soy basilisco, pastora,
o soy alguna fantasma
que se aparece a deshora,
con que el sentido se pasma
y el ánimo se empeora?

CLEMENCIA

No eres sino un parlero,
adulador, lisonjero
y, sin porqué, jatancioso,
en verdades mentiroso
y en mentiras verdadero.
   ¿Cuándo te he dado yo prenda
que de mi amor te asegure
tanto, que claro se entienda
que, aunque el amor me procure,
no hayas temor que te ofenda?
   Esto dijiste a Jacinta,
y le mostraste una cinta
encarnada que te di,
y en tu rostro se ve aquí
aquesta verdad distinta.

CLEMENTE

Clemencia, si yo he dicho cosa alguna
que no vaya a servirte encaminada,
venga de la más próspera fortuna
a la más abatida y desastrada;
si siempre sobre el cerco de la luna
no has sido por mi lengua levantada,

cuando quiera decirte mi querella,
mudo silencio el cielo infunda en ella;
    si mostré tal, la fe en que yo pensaba,
por la ley amorosa, de salvarme,
cuando a la vida el término se acaba,
por ella entonces venga a condenarme;
si dije tal, jamás halle en su aljaba
flechas de plomo Amor con que tirarme,
si no es a ti, y a mí con las doradas,
a helarte y abrasarme encaminadas.

PEDRO

    Clemencia, tu padre viene,
y con la vara de alcalde.

CLEMENCIA

    No la ha alcanzado de balde;
que su salmorejo tiene.
    Hermano Clemente, adiós.

CLEMENTE

    Pues, ¿cómo quedamos?

CLEMENCIA

    Bien.
Benita, si quieres, ven.

BENITA

    Sí, pues venimos las dos.

(Éntrase BENITA y CLEMENCIA.)

PEDRO

    Vete en buen hora, Clemente,
y quédese el cargo a mí
de lo que he de hacer por ti.

CLEMENTE

    Adiós, pues.

PEDRO

    Él te contente.

(Salen MARTÍN CRESPO, alcalde, padre de CLEMENCIA, y SANCHO MACHO y
DIEGO TARUGO, regidores.)

TARUGO

    Plácenos, Martín Crespo, del suceso.
Desechéisla por otra de brocado,
sin que jamás un voto os salga avieso.

ALCALDE

    Diego Tarugo, lo que me ha costado
aquesta vara, sólo Dios lo sabe,
y mi vino, y capones, y ganado.
    El que no te conoce, ése te alabe,
deseo de mandar.

SANCHO

    Yo aqueso digo,
que sé que en él todo cuidado cabe.
    Véala yo en poder de mi enemigo,
vara que es por presentes adquirida.

ALCALDE

    Pues ahora la tiene un vuestro amigo.

SANCHO

    De vos, Crespo, será tan bien regida,
que no la doble dádiva ni ruego.

ALCALDE

    No, ¡juro a mí!, mientras tuviere vida.
    Cuando mujer me informe, estaré ciego;
al ruego del hidalgo, sordo y mudo;
que a la severidad todo me entrego.

TARUGO

    Ya veo en vuestro tiempo, y no lo dudo,
sentencias de Salmón, el rey discreto,
que el niño dividió con hierro agudo.

ALCALDE

    Al menos, de mi parte yo prometo
de arrimarme a la ley en cuanto pueda
sin alterar un mínimo decreto.

SANCHO

    Como yo lo deseo, así suceda;
y adiós.

ALCALDE

    Fortuna os tenga, Sancho Macho,
en la empinada cumbre de su rueda.

TARUGO

    Sin que el temor o amor os ponga empacho,
juzgad, Crespo, terrible y brevemente:
que la tardanza en toda cosa tacho;
y a Dios quedad.

ALCALDE

En fin, sois buen pariente.
    (**Éntranse** SANCHO MACHO y DIEGO TARUGO.)
    Pedro, que escuchando estás,
¿cómo de mi buen suceso
el parabién no me das?
Ya soy alcalde, y confieso
que lo seré por demás,
    si tú no me das favor
y muestras algún primor
con que juzgue rectamente;
que te tengo por prudente,
más que a un cura y a un doctor.

PEDRO

    Es aqueso tan verdad,
cual lo dirá la esperiencia,
porque con facilidad
luego os mostraré una ciencia
que os dé nombre y calidad.
    Llegaráos Licurgo apenas,
y la celebrada Atenas
callará sus doctas leyes;
envidiaros han los reyes
y las escuelas más buenas.
    Yo os meteré en la capilla
dos docenas de sentencias
que al mundo den maravilla,
todas con sus diferencias,
civiles, o de rencilla;
    y la que primero a mano
os viniere, está bien llano
que no ha de haber más que ver.

ALCALDE

Desde hoy más, Pedro, has de ser
no mi mozo, mas mi hermano.
    Ven, y mostrarásme el modo
cómo yo ponga en efeto
lo que has dicho, en parte o en todo.

PEDRO

Pues más cosas te prometo.

ALCALDE

A cualquiera me acomodo.

    (**Éntranse** el ALCALDE y PEDRO.)
    (**Salen otra vez** SANCHO MACHO y TARUGO.)

SANCHO

  Mirad, Tarugo: bien siento
que, aunque el parabién le distes
a Crespo de su contento,
otro paramal tuvistes
guardado en el pensamiento;
  porque, en efeto, es mancilla
que se rija aquesta villa
por la persona más necia
que hay desde Flandes a Grecia
y desde Egipto a Castilla.

TARUGO

  Hoy mostrará la experiencia,
buen regidor Sancho Macho,
adónde llega la ciencia
de Crespo, a quien yo no tacho
hasta la primera audiencia;
  y, pues agora ha de ser,
soy, Macho, de parecer
que le oigamos.

SANCHO

  Sea así;
aunque tengo para mí
que un simple en él se ha de ver.

  (Entran LAGARTIJA y HORNACHUELOS, **labradores**.)

HORNACHUELOS

  ¿De quién, señores, sabremos
si el alcalde en casa está?

TARUGO

  Aquí los dos le atendemos.

LAGARTIJA

  Señal es que aquí saldrá.

SANCHO

  Tan cierta, que ya le vemos.

  (Salen el ALCALDE y REDONDO, **escribano**, y PEDRO.)

ALCALDE

  ¡Oh valientes regidores!

REDONDO

  Siéntense vuesas mercedes.

ALCALDE

Sin ceremonia, señores.

TARUGO

En cortés, exceder puedes
a los corteses mayores.

ALCALDE

    Siéntese aquí el escribano,
y a mi izquierda y diestra mano
los regidores estén;
y tú, Pedro, estarás bien
a mis espaldas.

PEDRO

Es llano.
    Aquí, en tu capilla, están
las sentencias suficientes
a cuantos pleitos vendrán,
aunque nunca pares mientes
a la relación que harán;
    y si alguna no estuviere,
a tu asesor te refiere,
que yo lo seré de modo
que te saque bien de todo,
y sea lo que se fuere.

REDONDO

    ¿Quieren algo, señores?

LAGARTIJA

Sí querríamos.

REDONDO

Pues digan: que aquí está el señor alcalde,
que les hará justicia rectamente.

ALCALDE

Perdónemelo Dios lo que ahora digo,
y no me sea tomado por soberbia:
tan tiestamenta pienso hacer justicia,
como si fuese un sonador romano.

REDONDO

Senador, Martín Crespo.

ALCALDE

Allá va todo.
Digan su pleito apriesa y brevemente:

que apenas me le habrán dicho, en mi ánima,
cuando les dé sentencia rota y justa.

REDONDO

Recta, señor alcalde.

ALCALDE

Allá va todo.

HORNACHUELOS

Prestóme Lagartija tres reales,
volvíle dos, la deuda queda en uno,
y él dice que le debo cuatro justos.
Éste es el pleito: brevedad, y dije.
¿Es aquesto verdad, buen Lagartija?

LAGARTIJA

Verdad; pero yo hallo por mi cuenta,
o que yo soy un asno, o que Hornachuelos
me queda a deber cuatro.

ALCALDE

¡Bravo caso!

LAGARTIJA

No hay más en nuestro pleito, y me rezumo
en lo que sentenciare el señor Crespo.

REDONDO

Rezumo por *resumo*, allá va todo.

ALCALDE

¿Qué decís vos a esto, Hornachuelos?

HORNACHUELOS

No hay qué decir; yo en todo me arremeto
al señor Martín Crespo.

REDONDO

Me *remito*,
¡pese a mi abuelo!

ALCALDE

Dejadle que arremeta;
¿qué se os da a vos, Redondo?

REDONDO

A mí, nonada.

ALCALDE

Pedro, sácame, amigo, una sentencia
desa capilla: la que está más cerca.

REDONDO

¿Antes de ver el pleito, hay ya sentencia?

ALCALDE

Ahí se podrá ver quién es Callejas.

PEDRO

Léase esta sentencia, y punto en boca.

REDONDO

«En el pleito que tratan .N. y .F.»

PEDRO

Zutano con Fulano significan
la .N. con la .F. entre dos puntos.

REDONDO

Así es verdad. Y digo que «en el pleito
que trata este Fulano con Zutano,
que debo condenar, fallo y condeno
al dicho puerco de Zutano a muerte,
porque fue matador de la criatura
del ya dicho Fulano...» Yo no atino
qué disparate es éste deste puerco
y de tantos Fulanos y Zutanos,
ni sé cómo es posible que esto cuadre
ni esquine con el pleito destos hombres.

ALCALDE

Redondo está en lo cierto, Pedro amigo,
mete la mano y saca otra sentencia;
podría ser que fuese de provecho.

PEDRO

Yo, que soy asesor vuestro, me atrevo
de dar sentencia luego cual convenga.

LAGARTIJA

Por mí, mas que la dé un jumento nuevo.

SANCHO

Digo que el asesor es estremado.

HORNACHUELOS

Sentencia norabuena.

ALCALDE

    Pedro, vaya,
que en tu magín mi honra deposito.

PEDRO

    Deposite primero Hornachuelos,
para mí, el asesor, doce reales.

HORNACHUELOS

    Pues sola la mitad importa el pleito.

PEDRO

    Así es verdad: que Lagartija, el bueno,
tres reales de a dos os dio prestados,
y déstos le volvistes dos sencillos;
y por aquesta cuenta debéis cuatro,
y no, cual decís vos, no más de uno.

LAGARTIJA

    Ello es ansí, sin que le falte cosa.

HORNACHUELOS

    No lo puedo negar; vencido quedo,
y pagaré los doce con los cuatro.

REDONDO

    Ensúciome en Catón y en Justiniano,
¡oh Pedro de Urde, montañés famoso!,
que así lo muestra el nombre y el ingenio.

HORNACHUELOS

    Yo voy por el dinero, y voy corrido.

LAGARTIJA

    Yo me contento con haber vencido.

*(**Éntranse** LAGARTIJA **y** HORNACHUELOS.)*
*(**Salen** CLEMENTE **y** CLEMENCIA, **como pastor y pastora, embozados**.)*

CLEMENTE

    Permítase que hablemos embozados
ante tan justiciero ayuntamiento.

ALCALDE

    Mas que habléis en un costal atados;
porque a oír, y no a ver, aquí me siento.

CLEMENTE

    Los siglos que renombre de dorados
les dio la antigüedad con justo intento,

ya se ven en los nuestros, pues que vemos
en ellos de justicia los estremos.
    Vemos un Crespo alcalde...

ALCALDE

Dios os guarde.
Dejad aquesas lonjas a una parte...

REDONDO

Lisonjas, decir quiso.

ALCALDE

Y, porque es tarde,
de vuestro intento en breve nos dad parte.

CLEMENTE

Con verdadera lengua, cierto alarde
hace de lo que quiero parte a parte.

ALCALDE

Decid: que ni soy sordo, ni lo he sido.

CLEMENTE

    Desde mis tiernos años,
de mi fatal estrella conducido,
sin las nubes de engaños,
el sol que en este velo está escondido
miré para adoralle,
porque esto hizo el que llegó a miralle.
    Sus rayos se imprimieron
en lo mejor del alma, de tal modo,
que en sí la convirtieron:
todo soy fuego, yo soy fuego todo,
y, con todo, me yelo,
si el sol me falta que me eclipsa un velo.
    Grata correspondencia
tuvo mi justo y mi cabal deseo:
que Amor me dio licencia
a hacer de mi alma rico empleo:
en fin, esta pastora,
así como la adoro, ella me adora.
    A hurto de su padre,
que es de su libertad duro tirano,
que ella no tiene madre,
de esposa me entregó la fe y la mano;
y agora, temerosa
del padre, no confiesa ser mi esposa.
    Teme que el padre, rico,
se afrente de mi humilde medianía,
porque hace el pellico

al monje en esta edad de tiranía.
Él me sobra en riqueza;
pero no en la que da naturaleza.
    Como él, yo soy tan bueno;
tan rico, no, y a su riqueza igualo
con estar siempre ajeno
de todo vicio perezoso y malo;
y, entre buenos, es fuero
que valga la virtud más que el dinero.
    Fido que ante ti vuelva
a confirmar el sí de ser mi esposa,
y en serlo se resuelva,
sin estar de su padre temerosa,
pues que no aparta el hombre
a los que Dios juntó en su gracia y nombre.

ALCALDE

    ¿Qué respondéis a esto,
sol que entre nubes se cubrió a deshora?

CLEMENTE

Su proceder honesto
la tendrá muda, por mi mal, agora;
pero señales puede
hacer con que su intento claro quede.

ALCALDE

    ¿Sois su esposa, doncella?

PEDRO

La cabeza bajó: señal bien clara
que no lo niega ella.

SANCHO

Pues, ¿en qué, Martín Crespo, se repara?

ALCALDE

En que de mi capilla
se saque la sentencia, y en oílla.
    Pedro, sácala al punto.

PEDRO

Yo sé que ésta saldrá pintiparada,
porque, a lo que barrunto,
siempre fue la verdad acreditada,
por atajo o rodeo;
y esta sentencia lo dirá que leo.
        (Saca un papel de la capilla, y léele PEDRO.)
    "Yo, Martín Crespo, alcalde, determino
que sea la pollina del pollino".

REDONDO

    Vaso de suertes es vuestra capilla,
y ésta que ha sido agora pronunciada,
aunque es para entre bestias, maravilla,
y aun da muestras de ser cosa pensada.

CLEMENTE

El alma en Dios, y en tierra la rodilla,
la vuestra besaré, como a estremada
coluna que sustenta el edificio
donde moran las ciencias y el jüicio.

ALCALDE

    Puesto que redundará esta sentencia,
hijo, en haberos dado el alma mía,
porque no es otra cosa mi Clemencia,
me fuera de gran gusto y alegría.
Y alégrenos agora la presencia
vuestra, que está en razón y en cortesía,
pues ya lo desleído y sentenciado
será, sin duda alguna, ejecutado.

CLEMENCIA

    Pues, con ese seguro, padre mío,
el velo quito y a tus pies me postro.
Mal haces en usar deste desvío,
pues soy tu hija, y no espantable monstro.
Tú has dado la sentencia a tu albedrío,
y, si es injusta, es bien que te dé en rostro;
pero, si justa es, haz que se apruebe,
con que a debida ejecución se lleve.

ALCALDE

    Lo que escribí, escribí; bien dices, hija:
y así, a Clemente admito por mi hijo,
y el mundo deste proceder colija
que más por ley que por pasión me rijo.

SANCHO

No hay alma aquí que no se regocija
de vuestro no pensado regocijo.

TARUGO

Ni lengua que a Martín Crespo no alabe
por hombre ingeniosísimo y que sabe.

PEDRO

    Nuestro amo, habéis de saber
que es merced particular

la que el cielo quiere hacer
cuando se dispone a dar
al hombre buena mujer;
    y corre el mismo partido
ella, si le da marido
que sea en todo varón,
afable de condición,
más que arrojado, sufrido.
    De Clemencia y de Clemente
se hará una junta dichosa,
que os alegre y os contente,
y quien lleve vuestra honrosa
estirpe de gente en gente,
    y esta noche de San Juan
las bodas celebrarán
con el suyo y vuestro gusto.

ALCALDE

Señales de hombre muy justo
todas tus cosas me dan;
    pero la boda otro día
se hará: que es noche ocupada
de general alegría
aquésta.

CLEMENTE

No importa nada,
siendo ya Clemencia mía:
    que el gusto del corazón
consiste en la posesión
mucho más que en la esperanza.

PEDRO

¡Oh, cuántas cosas alcanza
la industria y sagacidad!

ALCALDE

    Vamos, que hay mucho que hacer
esta noche.

TARUGO

Sea en buen hora.

CLEMENTE

Ni qué esperar ni temer
me queda, pues por señora
y esposa te vengo a ver.

TARUGO

    ¡Bien escogistes, Clemencia!

CLEMENCIA

> Al que ordenó la sentencia
> las gracias se den, y al cielo.

PEDRO

> De que he encargado, recelo,
> algún tanto mi conciencia.

(Éntranse todos, y, al entrarse, sale PASCUAL y tira del sayo a PEDRO, y quédanse los dos en el teatro, y tras PASCUAL entra un SACRISTÁN.)

PASCUAL

> Pedro amigo.

PEDRO

> ¿Qué hay, Pascual?
> No pienses que me descuido
> del remedio de tu mal;
> antes, en él tanto cuido,
> que casi no pienso en al.
> Esta noche de San Juan
> ya tú sabes cómo están
> del lugar las mozas todas
> esperando de sus bodas
> las señales que les dan.
> Benita, el cabello al viento,
> y el pie en una bacía
> llena de agua, y oído atento,
> ha de esperar hasta el día
> señal de su casamiento;
> sé tú primero en nombrarte
> en su calle, de tal arte,
> que claro entienda tu nombre.

PASCUAL

> Por excelencia, el renombre
> de industrioso pueden darte.
> Yo lo haré así: queda en paz;
> mas, después de aquesto hecho,
> tú lo que faltare haz,
> ansí no abrasa tu pecho
> el fuego de aquel rapaz.

[PEDRO]

> Así será; ve con Dios.

(Vase PASCUAL.)

SACRISTÁN

> Por ligero que seáis vos,
> yo os saldré por el atajo,
> y buscaré sin trabajo
> la industria de ambos a dos.

(Éntrase el SACRISTÁN. Sale MALDONADO, conde de gitanos; y adviértase que todos los que hicieren figura de gitanos, han de hablar ceceoso.)

MALDONADO

> Pedro, ceñor, Dioz te guarde.
> ¿Qué te haz hecho, que he venido
> a buzcarte aquezta tarde,
> por ver ci eztás ya atrevido,
> o todavía cobarde?
>   Quiero decir, ci te agrada
> el cer nueztra camarada,
> nueztro amigo y compañero,
> como me haz dicho.

PEDRO

> Sí quiero.

MALDONADO

> ¿Reparaz en algo?

PEDRO

> En nada.

MALDONADO

> Mira, Pedro: nueztra vida
> ez zuelta, libre, curioza,
> ancha, holgazana, estendida,
> a quien nunca falta coza
> que el deceo buzque y pida.
>   Danoz el herbozo zuelo
> lechoz; círvenoz el cielo
> de pabellón dondequiera;
> ni noz quema el zol, ni altera
> el fiero rigor del yelo.
>   El máz cerrado vergel
> laz primiciaz noz ofrece
> de cuanto bueno haya en él;
> y apenaz ce vee o parece
> la albilla o la mozcatel,
>   que no eztá luego en la mano
> del atrevido gitano,
> zahorí del fruto ajeno,
> de induztria y ánimo lleno,
> ágil, prezto, zuelto y zano.

Gozamoz nuestroz amorez
librez del dezazociego
que dan loz competidorez,
calentándonoz zu fuego
cin celoz y cin temorez.
    Y agora eztá una mochacha
que con nadie no ce empacha
en nueztro rancho, tan bella,
que no halla en qué ponella
la envidia ni aun una tacha.
    Una gitana, hurtada,
la trujo; pero ella es tal,
que, por hermoza y honrada,
muestra que es de principal
y rica gente engendrada.
    Ezta, Pedro, cerá tuya,
aunque máz el yugo huya,
que rinde la libertad,
cuando de nueztra amiztad
lo acordado ce concluya.

PEDRO

    Porque veas, Maldonado,
lo que me mueve el intento
a querer mudar de estado,
quiero que me estés atento
un rato.

MALDONADO

    De muy buen grado.

PEDRO

    Por lo que te he de contar,
vendrás en limpio a sacar
si para gitano soy.

MALDONADO

    Atento eztaré y eztoy;
bien puedez ya comenzar.

PEDRO

    Yo soy hijo de la piedra,
que padre no conocí:
desdicha de las mayores
que a un hombre pueden venir.
No sé dónde me criaron;
pero sé decir que fui
destos niños de dotrina
sarnosos que hay por ahí.
Allí, con dieta y azotes,

que siempre sobran allí,
aprendí las oraciones,
y a tener hambre aprendí;
aunque también con aquesto
supe leer y escribir,
y supe hurtar la limosna,
y desculparme y mentir.
No me contentó esta vida
cuando algo grande me vi,
y en un navío de flota
con todo mi cuerpo di,
donde serví de grumete,
y a las Indias fui y volví,
vestido de pez y anjeo,
y sin un maravedí.
Temí con los huracanes,
y con las calmas temí,
y espantóme la Bermuda
cuando su costa corrí.
Dejé el comer del bizcocho
con dos dedos de hollín,
y el beber vino del diablo
antes que de San Martín.
Pisé otra vez las riberas
del rico Guadalquivir,
y entreguéme a sus crecientes,
y a Sevilla me volví,
donde al rateruelo oficio
me acomodé bajo y vil
de mozo de la esportilla,
que el tiempo lo pidió ansí;
en el cual, sin ser yo cura,
muy muchos diezmos cogí,
haciendo salva a mil cosas
que me condenan aquí.
En fin: por cierta desgracia,
el oficio tuvo fin,
y comenzó el peligroso
que suelen llamar mandil.
En él supe de la hampa
la vida larga y cerril,
formar pendencias del viento,
y con el soplo herir.
Mi amo, que era tan bravo
como ligero pasquín,
dio asalto a una faldriquera
a lo callado y sotil;
con las manos en la masa
le cogió un cierto alguacil,
y él quiso ser en un potro

confesor y no martir;
mártir, digo, Maldonado.

MALDONADO

En eso, ¿qué me va a mí?
Pronunciad como os dé gusto,
pues que no habláis latín.

PEDRO

Palme[ó]le las espaldas
contra su gusto el bochín,
de lo cual quedó mohíno,
según que dijo un malsín.
A las casas movedizas
le llevaron, y yo vi
arañarse la Escalanta
y llorar la Becerril.
Yo, viéndome sin el fieltro
de mi andaluz paladín,
de mandil a mochilero
un salto forzoso di.
Deparóme la fortuna
un soldado espadachín
de los que van hasta el puerto,
y se vuelven desde allí.
Las boletas rescatadas,
las gallinas que cogí,
si no las perdona el cielo,
¡desventurado de mí!
Diome en rostro aquella vida,
porque della conocí
que el soldado churrullero
tiene en las gurapas fin,
y a gentilhombre de playa
en un punto me acogí,
vida de mil sobresaltos
y de contentos cien mil.
Mas, por temor de irme a Argel,
presto a Córdoba me fui,
adonde vendí aguardiente,
y naranjada vendí.
Allí el salario de un mes
en un día me bebí,
porque, si hay agua que sepa,
la ardiente es doctor sotil.
Arrojárame mi amo
con un trabuco de sí,
y en casa de un asturiano
por mi desventura di.
Hacía suplicaciones,

suplicaciones vendí,
y en un día diez canastas
todas las jugué y perdí.
Fuime, y topé con un ciego,
a quien diez meses serví,
que, a ser años, yo supiera
lo que no supo Merlín.
Aprendí la jerigonza,
y a ser vistoso aprendí,
y a componer oraciones
en verso airoso y gentil.
Murióseme mi buen ciego,
dejóme cual Juan Paulín,
sin blanca, pero discreto,
de ingenio claro y sotil.
Luego fui mozo de mulas,
y aun de un fullero lo fui,
que con la boca de lobo
se tragara a San Quintín;
gran jugador de las cuatro,
y con la sola le vi
dar tan mortales heridas,
que no se pueden decir.
Berrugeta y ballestilla,
el raspadillo y hollín
jugaba por excelencia,
y el Mase Juan hi de ruin.
Gran saje del espejuelo,
y del retén tan sotil,
que no se le viera un lince
con los antojos del Cid.
Cayóse la casa un día,
vínole su San Martín,
pusiéro[n]le un sobreescrito
encima de la nariz.
Dejéle, y víneme al campo,
y sirvo, cual ves, aquí,
a Martín Crespo, el alcalde,
que me quiere más que a sí.
Es Pedro de Urde mi nombre:
mas un cierto Malgesí,
mirándome un día las rayas
de la mano, dijo así:
"Añadidle Pedro al *Urde*
un *malas*; pero advertid,
hijo, que habéis de ser rey,
fraile y papa, y matachín.
Y avendráos por un gitano
un caso que sé decir
que le escucharán los reyes

y gustarán de le oír.
Pasaréis por mil oficios
trabajosos; pero al fin
tendréis uno do seáis
todo cuanto he dicho aquí".
Y, aunque yo no le doy crédito,
todavía veo en mí
un no sé qué que me inclina
a ser todo lo que oí;
pues, como deste pronóstico
el indicio veo en ti,
digo que he de ser gitano,
y que lo soy desde aquí.

MALDONADO

    ¡Oh Pedro de Urdemalaz generozo,
coluna y cer del gitanezco templo!
Ven, y daraz principio al alto intento
que te incita, te mueve, impele y lleva
a ponerte en la lizta gitanezca;
ven a adulcir el agrio y tierno pecho
de la hurtada mochacha que te he dicho,
por quien zeráz dichoso zobremodo.

PEDRO

Vamos, que yo no pongo duda en eso,
y espero deste asumpto un gran suceso.

(Éntranse.)
(Pónese BENITA a la ventana en cabello.)

BENITA

    Tus alas, ¡oh noche!, estiende
sobre cuantos te requiebran,
y a su gusto justo atiende,
pues dicen que te celebran
hasta los moros de aliende.
    Yo, por conseguir mi intento,
los cabellos doy al viento,
y el pie izquierdo a una bacía
llena de agua clara y fría,
y el oído al aire atento.
    Eres noche tan sagrada,
que hasta la voz que en ti suena
dicen que viene preñada
de alguna ventura buena
a quien la escucha guardada.
    Haz que a mis oídos toque
alguna que me provoque
a esperar suerte dichosa.

26/94

(**Entra el** SACRISTÁN.)

SACRISTÁN

Prenderá a la dama hermosa,
sin alguna duda, el Roque.
    Roque ha de ser el que prenda
en este juego a la dama,
puesto que ella se defienda;
que su ventura le llama
a gozar tan rica prenda.

BENITA

    Roque dicen, Roque oí.
Pues no hay otro Roque aquí
que el necio del sacristán.
Veamos si nombrarán
Roque otra vez.

SACRISTÁN

Será así,
    porque es el Roque tal pieza,
que no hay dama que se esquive
de entregalle su belleza;
y, aunque en estrecheza vive,
es muy rico en su estrecheza.

BENITA

    ¡Ce!, gentilhombre, tomad
este listón y mostrad
quién sois mañana con él.

SACRISTÁN

Seréos en todo fiel,
estremo de la beldad;
(Estándole dando un listón BENITA **al** SACRISTÁN, **entra** PASCUAL, **y ásele del
cuello y quítale la cinta.)**
    que cualquiera que seáis
de las dos que en esta casa
vivís, sé os aventajáis
a Venus.

PASCUAL

¿Que aquesto pasa?
¿Que esta cuenta de vos dais?
    Benita, ¿que a un sacristán,
vuestros despojos se dan?
Grave fuera aquesta culpa,
si no tuviera disculpa
en ser noche de San Juan.

Vos, bachiller graduado
en letras de canto llano,
¿de quién fuistes avisado
para ganar por la mano
el juego mal comenzado?
    ¿Así a maitines se toca
con vuestra vergüenza poca?
¿Así os hacen olvidar
del cantar y repicar
los picones de una loca?

(**Entra** PEDRO.)

PEDRO

¿Qué es esto, Pascual amigo?

PASCUAL

El sacristán y Benita
han querido sea testigo
de que ella es mujer bendita
y él de embustes enemigo;
    mas, porque no se alborote
y vea que al estricote
le trae su honra su intento,
por testigos le presento
esta cinta y este zote.

SACRISTÁN

    Por las santas vinajeras,
a quien dejo cada día
agostadas y ligeras,
que no fue la intención mía
de burlarme con las veras.
    Hoy a los dos os oí
lo que había de hacer allí
Benita, en cabello puesta,
y, por gozar de la fiesta,
vine, señores, aquí.
    Nombréme, y ella acudió
al reclamo, como quien,
del primer nombre que oyó,
de su gusto y de su bien
indicio claro tomó;
    que la vana hechicería
que la noche antes del día
de San Juan usan doncellas,
hace que se muestren ellas
de liviana fantasía.

PASCUAL

¿Para qué te dio esta cinta?

SACRISTÁN

Para que me la pusiese,
y conocer por su pinta
quién yo era, cuando fuese
ya la luz clara y distinta.

BENITA

¿Para qué a tantas preguntas
te alargas, Pascual? ¿Barruntas
mal de mí? Mas no lo dudo,
porque, en mi daño, de agudo
siempre he visto que despuntas.

PASCUAL

Así con esa verdad
se te arranque el alma, ingrata,
sospechosa en la amistad,
que con más llaneza trata
que vio la sinceridad.
Los álamos de aquel río,
que con el cuchillo mío
tienen grabado tu nombre,
te dirán si yo soy hombre
de buen proceder vacío.

PEDRO

Yo soy testigo, Benita,
que no hay haya en aquel prado
donde no te vea escrita,
y tu nombre coronado
que tu fama solicita.

PASCUAL

¿Y en qué junta de pastores
me has visto que los loores
de Benita no alce al cielo,
descubriendo mi buen celo
y encubriendo mis amores?
¿Qué almendro, guindo o manzano
has visto tú que se viese
en dar su fruto temprano
que por la mía no fuese
traído a tu bella mano
antes que las mismas aves
le tocasen? Y aun tú sabes
que otras cosas por ti he hecho
de tu honra y tu provecho,

dignas de que las alabes.
    Y en los árboles que ahora
vendrán a enramar tu puerta,
verás, crüel matadora,
cómo en ellos se vee cierta
la gran fe que en mi alma mora.
    Aquí verás la verbena,
de raras virtudes llena,
y el rosal, que alegra al alma,
y la vitoriosa palma,
en todos sucesos buena.
    Verás del álamo erguido
pender la delgada oblea,
y del valle aquí traído,
para que en tu puerta sea
sombra al sol, gusto al sentido.

BENITA

    No hayas miedo me provoque
tu arenga a que yo te toque
la mano, encuentro amoroso,
porque no ha de ser mi esposo
quien no se llamare Roque.

PEDRO

    Tú tienes mucha razón;
pero el remedio está llano
con toda satisfación,
porque nos le da en la mano
la santa Confirmación.
    Puede Pascual confirmarse,
y puede el nombre mudarse
de Pascual en Roque, y luego,
con su gusto y tu sosiego,
puede contigo casarse.

BENITA

    Dese modo, yo lo aceto.

SACRISTÁN

    ¡Gracias a Dios que me veo
libre de tan grande aprieto!

PEDRO

    Que has hecho un gallardo empleo,
Benita, yo te prometo,
    porque aquel refrán que pasa
por gente de buena masa,
que es discreto determino:
«Al hijo de tu vecino,

línpiale y métele en casa».

BENITA

    Ponte ese listón, Pascual,
y en parte do yo le vea.

PASCUAL

    Pienso hacer dél el caudal
que hace de su librea
Iris, arco celestial.
    Espérate, que ya suena
la música que se ordena
para el traer de los ramos.

PEDRO

    Con gusto aquí la esperamos.

BENITA

    Ella venga en hora buena.

(Suena dentro todo género de música y su gaita zamorana. Salen todos los que pudieren con ramos, principalmente CLEMENTE, y los MÚSICOS entran cantando esto:)

[MÚSICOS]

    Niña, la que esperas
en reja o balcón,
advierte que viene
tu polido amor.
    Noche de San Juan,
el gran Precursor,
que tuvo la mano
más que de reloj,
pues su dedo santo
tan bien señaló,
que nos mostró el día
que no anocheció;
muéstratenos clara,
sea en ti el albor
tal, que perlas llueva
sobre cada flor;
y en tanto que esperas
a que salga el sol,
di[r]ás a mi niña
en suave son
    Niña, la que esperas, &c.
    Dirás a Benita
que Pascual, pastor,
guarda los cuidados
de tu corazón;

y que de Clemencia
el que es ya señor,
es su humilde esclavo,
con justa razón;
y a la que desmaya
en su pretensión,
tenla de tu mano,
no la olvides, non,
y dile callando,
o en erguida voz,
de modo que oiga
la imaginación:
   Niña, la que esperas
en reja o balcón,
advierte que viene
tu polido amor.

CLEMENTE

   Ello está muy bien cantado.
¡Ea!, enrámese este umbral
por el uno y otro lado.
¿Qué haces aquí, Pascual,
de los dos acompañado?
   Ayúdanos, y a Benita
con servicios solicita,
enramándole la puerta:
que a la voluntad ya muerta
el servirla resucita.
   Ese laurel pon aquí,
ese sauce a esotra parte,
ese álamo blanco allí,
y entre todos tenga parte
el jazmín y el alhelí.
   Haga el suelo de esmeraldas
la juncia, y la flor de gualdas
le vuelva en ricos topacios,
y llénense estos espacios
de flores para guirnaldas.

BENITA

   Vaya otra vez la música, señores,
que la escucha Clemencia; y tú, mi Roque,
            (Quítase de la ventana.)
haz que suene otra vez.

PASCUAL

   A mí me place,
confirmadora dulce hermosa mía.
Vuélvanse a repicar esas sonajas,
háganse rajas las guitarras, vaya

otra vez el floreo, y solenícese
esta mañana en todo el mundo célebre,
pues que lo quiere así la gloria mía.

CLEMENTE

Cántese, y vamos, que se viene el día.
   A la puerta puestos
de mis amores,
espinas y zarzas
se vuelven flores.
   El fresno escabroso
y robusta encina,
puestos a la puerta
do vive mi vida,
verán que se vuelven,
si acaso los mira,
en matas sabeas
de sacros olores,
   y espinas y zarzas
se vuelven flores;
   do pone la vista
o la tierna planta,
la yerba marchita
verde se levanta;
los campos alegra,
regocija al alma,
enamora a siervos,
rinde a señores,
   y espinas y zarzas
se vuelven flores.

(Éntranse cantando.)
**(Salen INÉS y BELICA, gitanas, que las podrán hacer las que han hecho BENITA y
CLEMENCIA.)**

INÉS

   Mucha fantasía es ésa;
Belilla, no sé qué diga:
o tú te sueñas condesa,
o que eres del rey amiga.

BELICA

De que sea sueño me pesa.
   Inés, no me des pasión
con tanta reprehensión;
déjame seguir mi estrella.

INÉS

Confiada en que eres bella,
tienes tanta presunción.

Pues mira que la hermosura
que no tiene calidad,
raras veces aventura.

BELICA

Confírmase esa verdad
muy bien con mi desventura.
  ¡Oh cruda suerte inhumana!
¿Por qué a una pobre gitana
diste ricos pensamientos?

INÉS

Aquel fabrica en los vientos
que a ver quién es no se allana.
  Huye desas fantasías;
ven, y el baile aprenderás
que comenzaste estos días.

BELICA

Inés, tú me acabarás
con tus estrañas porfías;
  pero engáñaste en pensar
que tengo yo de guardar
tu gusto cual justa ley,
y sólo ha de ser el rey
el que me ha de hacer bailar.

INÉS

  Desa manera, Belilla,
que vengáis al hospital
no será gran maravilla:
que hacer de la principal
no es para vuestra costilla.
  ¡Acomodaos, noramala,
a la cocina y la sala,
a bailar aquí y allí!

BELICA

Aqueso no es para mí.

INÉS

¿Pues qué? ¿El donaire y la gala,
  el rumbo, el cer del tuzón,
derribando por el zuelo
el gitanezco blazón,
levantado hasta el cielo
por nuestra honezta intención?
  Antes te vea yo comida
de rabia, y antes rendida
a un gitano que te dome,

o a un verdugo que te tome
de las espaldas medida.
   ¿Esto por ti se ha de ver?
¿Que no sea con gitano
gitana, mala mujer?
Chico hoyo hagas temprano,
si es que tan mala has de ser.

BELICA

   Mucho te alargas, Inés,
y, como simple, no ves
dónde mi intención camina.

INÉS

   Pues esta simple adivina
lo que tú verás después.

(Salen PEDRO y MALDONADO.)

MALDONADO

   Esta que ves, Pedro hermano,
es la gitana que digo,
de parecer sobrehumano,
cuya posesión me obligo
de entregártela en la mano.
   Acaba, muda de traje,
y aprende nuestro lenguaje;
y, aun sin aprenderle, entiendo
que has de ser gitano, siendo
cabeza de tu linaje.

INÉS

   ¡Danoz una limoznica,
caballero atán garrido!

MALDONADO

   ¡Deso el labrador se pica!
¡Qué mal que le has conocido,
Inés!

INÉS

   Pide tú, Belica.

PEDRO

   Si ella pide, no habrá cosa,
por grande y dificultosa
que sea, que yo no haga,
sin esperar otra paga
que el servir a una hermosa.

MALDONADO

    ¿No le rezpondes, ceñora?

INÉS

    Ceñor conde, vez do viene
la viuda tan guardadora,
que, puesto que mucho tiene,
máz guarda y máz atezora.

(Entra una VIUDA labradora, que la lleva un escudero labrador de la mano.)

INÉS

    Limozna, ceñora mía,
por la bendita María
y por zu Hijo bendito.

VIUDA

    De mí nunca lleva el grito
limosna, ni la porfía.
    Mejor estará el servir
a vosotras, que os está
tan sin vergüenza el pedir.

ESCUDERO

    Va el mundo de suerte ya,
que no se puede sufrir.
    Es vagamunda esta era;
no hay moza que servir quiera,
ni mozo que por su yerro
no se ande a la flor del berro:
él sandio, y ella altanera.
    Y esta gente infrutuosa,
siempre atenta a mil malicias,
doblada, astuta y mañosa,
ni a la Iglesia da primicias,
ni al rey no le sube en cosa.
    A la sombra de herreros
usan muchos desafueros,
y, con perdón sea mentado,
no hay seguro asno en el prado
de los gitanos cuatreros.

VIUDA

    Dejadlos, y caminad,
Llorente, que es algo tarde.

(Éntranse LLORENTE y la VIUDA.)

BELICA

Tomame esa caridad.

No hagáis sino hacer alarde
de vuestra necesidad
   de[l]ante de aquesta gente,
que no faltará un Llorente
como otro Gil que os persiga,
y, sin que os dé nada, diga
palabras con que os afrente.

MALDONADO
   ¿Veisla, Pedro? Pues es fama
que tiene diez mil ducados
junto a los pies de su cama,
en dos cofres barreados
a quien sus ángeles llama.
   Requiébrase así con ellos,
que pone su gloria en ellos,
y así, en vellos se desalma:
que han de ser para su alma
lo que a Absalón sus cabellos.
   Sólo a un ciego da un real
cada mes, porque le reza
las mañanas a su umbral
oraciones que endereza
al eterno tribunal,
   por si acaso sus parientes,
su marido y ascendientes
están en el purgatorio,
haga el santo consistorio
de su gloria merecientes;
   y con sola esta obra piensa
irse al cielo de rondón,
sin desmán y sin ofensa.

PEDRO
   Que yo la saque de harón
mi agudo ingenio dispensa.
   Informarte has, Maldonado,
de todos los que han pasado
deste mundo sus parientes,
amigos y bien querientes,
hasta el siervo o paniaguado,
   y tráemelo por escrito,
y verás cuán fácilmente
de su miseria la quito;
y, a lo que soy suficiente,
a este embuste lo remito.

MALDONADO
   Desde su tercer abuelo
hasta el postrer netezuelo

que de su linaje ha muerto,
te trairé el número cierto,
sin que te discrepe un pelo.

PEDRO

    Vamos, y verás después
lo que haré en aqueste caso
por el común interés.

MALDONADO

    ¿Dó encaminarás el paso,
Belica?

BELICA

Do querrá Inés.

PEDRO

    Doquiera que le encamines,
tendrá por honrosos fines
tu estremado pensamiento.

BELICA

Aunque fabrique en el viento,
Pedro, no te determines
    a burlar de mi deseo,
que de lejos se me muestra
una esperanza en quien veo
cierta luz tal, que me adiestra
y lleva al bien que deseo.

PEDRO

    De tu rara hermosura
se puede esperar ventura
que la iguale. Ven, gitana,
por quien nuestra edad se ufana
y en sus glorias se asegura.

JORNADA SEGUNDA

Salen un ALGUACIL, **y** MARTÍN CRESPO, **el alcalde**, **y** SANCHO MACHO, **el regidor**.

ALCALDE

    Digo, señor alguacil,
que un mozo que se me fue,
de ingenio agudo y sotil,
de tronchos de coles sé
que hiciera invenciones mil;
  y él me aconsejó que hiciese,
si por dicha el rey pidiese
danzas, una de tal modo,
que se aventajase en todo
a la que más linda fuese.
  Dijo que el llevar doncellas
era una cosa cansada,
y que el rey no gusta dellas,
por ser danza muy usada
y estar ya tan hecho a vellas;
  mas que por nuevos niveles
llevase una de donceles
como serranas vestidos;
en pies y brazos ceñidos
multitud de cascabeles;
  y ya tengo, a lo que creo,
veinte y cuatro así aprestados,
que pueden, según yo veo,
ser sin vergüenza llevados
al romano coliseo.
  Ya yo le enseñé los dos
de los mejores.

ALGUACIL

    Por Dios,
que la invención es muy buena.

SANCHO

    Lo que nuestro alcalde ordena,
es cosa rala entre nos,
  y todo lo que él más sabe
de un su mozo lo aprendió
que fue de su ingenio llave;
mas ya se fue y nos dejó,
que mala landre le acabe:
  que así quedamos vacíos,

sin él, de ingenio y de bríos.

ALGUACIL

¿Tanto sabe?

SANCHO

Es tan astuto,
que puede darle tributo
Salmón, rey de los judíos.

ALCALDE

Haga cuenta, en viendo aquéstos,
que los veinte y cuatro mira:
que todos son tan dispuestos,
derechos como una vira,
sanos, gallardos y prestos.
Aquél que no es nada renco
se llama Diego Mostrenco;
el otro, Gil el Peraile;
cada cual diestro en el baile
como gozquejo flamenco.
Tocándoles Pingarrón,
mostrarán bien su destreza
a compás de cualquier son,
y alabarán la agudeza
de nuestra nueva invención.
Las danzas de las espadas
hoy quedarán arrimadas,
a despecho de hortelanos,
envidiosos los gitanos,
las doncellas afrentadas.
¿No le pareció, señor,
muy bien el talle y el brío
de uno y otro danzador?

ALGUACIL

Si juzgo al parecer mío,
nunca vi cosa peor;
y temo que, si allá vais,
de tal manera volváis,
que no acertéis el camino.

ALCALDE

Tocado, a lo que imagino,
señor, de la envi[di]a estáis.
Pues en verdad que hemos de ir
con veinte y cuatro donceles
como aquéllos, sin mentir,
porque invenciones noveles,
o admiran o hacen reír.

ALGUACIL

    Yo os lo aviso; queda en paz. (**Vase el** ALGUACIL.)

SANCHO

    Alcalde, tu gusto haz,
    porque verás por la prueba
    que esta danza, por ser nueva,
    dará al rey mucho solaz.

ALCALDE

    No lo dudo. Venid, Sancho,
    que ya el corazón ensancho,
    do quepan los parabienes
    de la danza.

SANCHO

    Razón tienes
    que has de volver hueco y ancho.

(Éntranse.)

(Salen dos CIEGOS, y el uno PEDRO DE URDEMALAS; arrímase el primero a una puerta, y PEDRO junto a él, y pónese la VIUDA a la ventana.)

CIEGO

    Ánimas bien fortunadas
    que en el purgatorio estáis,
    de Dios seáis consoladas,
    y en breve tiempo salgáis
    desas penas cerramadas,
    y, como un trueno,
    baje a vos el ángel bueno
    y os lleve a ser coronadas.

PEDRO

    Ánimas que desta casa
    partistes al purgatorio,
    ya en sillón, ya en silla rasa,
    del divino consistorio
    os venga al vuestro sin tasa,
    y en un vuelo
    el ángel os lleve al cielo,
    para ver lo que allá pasa.

CIEGO

    Hermano, vaya a otra puerta,
    porque aquesta casa es mía,
    y en rezar aquí no acierta.

PEDRO

    Yo rezo por cortesía,
no por premio, cosa es cierta,
y así, puedo
rezar doquiera, sin miedo
de pendencia ni reyerta.

CIEGO

    ¿Es vistoso, ciego honrado?

PEDRO

    Estoy desde que nací
en una tumba encerrado.

CIEGO

    Pues yo en algún tiempo vi;
pero ya, por mi pecado,
nada veo,
sino lo que no deseo,
que es lo que vee un desdichado.
    ¿Sabrá oraciones abondo?

PEDRO

    Porque sé que sé infinitas,
aquesto, amigo, os respondo,
que a todos las doy escritas,
o a muy pocos las escondo.
    Sé la del *Ánima sola*,
y sé la de *San Pancracio*,
que nadie cual ésta viola;
la de *San Quirce* y *Acacio*,
y la de *Olalla española*,
y otras mil,
adonde el verso sotil
y el bien decir se acrisola;
    las de los *Auxiliadores*
sé también, aunque son treinta,
y otras de tales primores,
que causo envidia y afrenta
a todos los rezadores,
porque soy,
adondequiera que estoy,
el mejor de los mejores.
    Sé la de los sabañones,
la de curar la tericia
y resolver lamparones,
la de templar la codicia
en avaros corazones;
sé, en efeto,
una que sana el aprieto

de las internas pasiones,
  y otras de curiosidad.
Tantas sé, que yo me admiro
de su virtud y bondad.

CIEGO

Ya por saberlas suspiro.

VIUDA

Hermano mío, esperad.

PEDRO

¿Quién me llama?

CIEGO

Según la voz, es el ama
de la casa, en mi verdad.
  Ella es estrecha, aunque rica,
y sólo a mandar rezar
es a lo que más se aplica.

PEDRO

Pícome yo de callar
con quien al dar no se pica:
que esté mudo
a sus demandas no dudo
si no lo paga y suplica.

(Sale la VIUDA.)

VIUDA

  Puesta en aquella ventana,
he escuchado sus razones
y su profesión cristiana,
y las muchas oraciones
con que tantos males sana;
  y querría me hiciese
placer que algunas me diese
de las que le pediría,
dejando a mi cortesía
el valor del interese.

PEDRO

  Si despide a esotro ciego,
yo le diré maravillas.

VIUDA

Pues yo le despido luego.

PEDRO

Señora, no he de decillas
ni por dádivas ni ruego.

VIUDA

Váyase, y venga después,
amigo.

CIEGO

Vendré a las tres,
a rezar lo cuotidiano.

VIUDA

En buen hora.

CIEGO

Adiós, hermano,
ciego, o vistoso, o lo que es;
y si es que se comunica,
sepa mi casa, y verá
que, aunque pobre, ruin y chica,
sin duda en ella hallará
una voluntad muy rica;
y la alegre posesión
de un segoviano doblón
gozará liberalmente,
si nos da, de su torrente,
ya milagro, o ya oración.

PEDRO

Está bien; yo acudiré
a saber la casa honrada
tan llena de amor y fe,
y pagaré la posada
con lo que le enseñaré.
Cuarenta milagros tengo
con que voy y con que vengo
por dondequiera a mi paso,
y alegre la vida paso
y como un rey me mantengo.
                    (**Éntrase el** CIEGO.)
Mas tú, señora Marina,
Sánchez en el sobrenombre,
a mi voz la oreja inclina,
y atenta escucha de un hombre
una embajada divina.
Las almas de purgatorio
entraron en consistorio,
y ordenaron las prudentes
que les fuese a sus parientes

su insufrible mal notorio.
    Hicieron que una tomase,
de gran prudencia y consejo,
para que lo efetuase,
cuerpo de un honrado viejo,
y así al mundo se mostrase,
    y diéranle una instrucción
y una larga relación
de lo que tiene de hacer
para que puedan tener,
o ya alivio, o ya perdón;
    y está ya cerca de aquí
esta alma, en un cuerpo honesto,
y anciano, cual yo le vi,
y sobre un asno trae puesto
el cerro de Potosí.
    Viene lleno de doblones
que le ofrecen a montones
los parientes de las almas
que en las tormentas sin calma[s]
padecen graves pasiones.
    En oyendo que en su lista
hay alma que en purgatorio
con duras penas se atrista,
no hay talego, ni escritorio,
ni cofre que se resista.
    Hasta los gatos guardados,
de rubio metal preñados,
por librarla de tormentos,
descubren allí contentos
sus partos acelerados.
    Esta alma vendrá esta tarde,
señora Marina mía,
a hacer de su lista alarde
ante ti; pero querría
que en secreto esto se guarde,
    y que a solas la recibas
y que a darle te apercibas
lo que piden tus parientes
que moran en las ardientes
hornazas, de alivio esquivas.
    Esto hecho, te asegura
que te enseñará oración
con que aumentes tu ventura:
que esto ofrece en galardón
de aquella voluntad pura
    que con él se muestra franca,
y de su escondrijo arranca
hasta el menudo cuatrín
y queda, cual San Paulín,

como se dice, sin blanca.

VIUDA

	¿Que esa embajada me envía
esa alma, ciego bendito?

PEDRO

	Y toda de vos se fía,
y se remite a lo escrito
de vuestra genealogía.

VIUDA

	¿Cómo la conoceré
cuando venga?

PEDRO

	Yo haré
que tome casi mi aspeto.

VIUDA

	¡Oh, qué albricias te prometo!
¡Qué de cosas te daré!

PEDRO

	En las cosas semejantes
es bien gastar los dineros
guardados de tiempos antes;
los ayunos verdaderos,
y espaldas diciplinantes,
	todo se ha de aventurar
sólo por poder sacar
a un alma de su pasión,
y llevarla a la región
donde no mora el pesar.

VIUDA

	Ve en paz, y dile a ese anciano
que tan alegre le espero,
que en verle pondré en su mano
mi alma, que es el dinero,
con pecho humilde y cristiano:
	que, aunque soy un poco escasa,
me afligiré en ver que pasa
alma de pariente mío,
según dicen, fuego y frío,
éste o aquél muy sin tasa.

PEDRO

	Tu fama a la de Leandro
exceda, y jamás se tizne

tu pecho de otro Alejandro;
antes, cante dél un cisne
en las aguas de Meandro;
   a los hiperbóreos montes
pase, al cielo te remontes,
y allá te subas con ella,
y otra no encierren cual ella
nuestros corvos horizontes.

(Éntranse los dos.)
(Salen MALDONADO y BELICA.)

MALDONADO

   Mira, Belica: éste es hombre
que te sacará del lodo,
de grande ingenio y gran nombre,
tan discreto y presto en todo,
que es forzoso que te asombre.
   Quiérese volver gitano
por tu amor, y dar de mano
a otra cualquier pretensión:
considera si es razón
que le muestres pecho llano.
   Él será el mejor cuatrero,
según que me lo imagino,
que habrá visto el mundo entero,
solo, raro y peregrino
en las trazas de embustero;
   porque en una que ahora intenta
ha sacado en limpia cuenta
que ha de ser único en todas.

BELICA

   Fácilmente te acomodas
a tu gusto y a mi afrenta.
   ¿No se te ha ya traslucido
que el que a grande no me lleve
no es para mí buen partido?

MALDONADO

   No hay cosa en que más se pruebe
que careces de sentido,
   que en esa tu fantasía,
fundada en la lozanía
de tu juventud gallarda,
que en marchitarse no tarda
lo que el sol corre en un día.
   Quiero decir que es locura
manifiesta, clara y llana,
pensar que la hermosura

dura más que la mañana,
que con la noche se oscura;
   y a veces es necedad
el pensar que la beldad
ha de ofrecer gran marido,
siendo por mejor tenido
el que ofrece la igualdad.
   Así que, gitana loca,
pon freno al grande deseo
que te ensalza y que te apoca,
y no busques por rodeo
lo que en nada no te toca.
   Cásate, y toma tu igual,
porque es el marido tal
que te ofrezco, que has de ver
que en él te vengo a ofrecer
valor, ser, honra y caudal.

(Entra PEDRO, ya como gitano.)

PEDRO
     ¿Qué hay, amigo Maldonado?

MALDONADO
     Una presunción, de suerte
que a mí me tiene admirado:
veo en lo flaco lo fuerte,
en un bajo un alto estado;
   veo que esta gitanilla,
cuanto su estado la humilla,
tanto más levanta el vuelo,
y aspira a tocar el cielo
con locura y maravilla.

PEDRO
     Déjala, que muy bien hace,
y no la estimes en menos
por eso; que a mí me aplace
que con soberbios barrenos
sus máquinas suba y trace.
   Yo también, que soy un leño,
príncipe y papa me sueño,
emperador y monarca,
y aún mi fantasía abarca
de todo el mundo a ser dueño.

MALDONADO
     Con la viuda, ¿cómo fue?

PEDRO

Está en un punto la cosa,
mejor de lo que pensé.
Ella será generosa,
o yo Pedro no seré.
    Pero, ¿qué gente es aquesta
tan de caza y tan de fiesta?

MALDONADO

El rey es, a lo que creo.

BELICA

Hoy subirá mi deseo
de amor la fragosa cuesta:
(Entra el REY **con un criado**, SILERIO, **y todos de caza.)**
    hoy a todo mi contento
he de apacentar mis ojos,
y al alma dar su sustento,
gozando de los despojos
que me ofrece el pensamiento
    y la vista.

MALDONADO

Yo imagino
que tu grande desatino
en gran mal ha de parar.

BELICA

Mal se puede contrastar
a las fuerzas del destino.

REY

    ¿Vistes pasar por aquí
un ciervo, decid, gitanos,
que va herido?

BELICA

Señor, sí;
atravesar estos llanos,
habrá poco que le vi;
    lleva en la espalda derecha
hincada una gruesa flecha.

REY

Era un pedazo de lanza.

BELICA

El huir y hacer mudanza
de lugares no aprovecha
    al que en las entrañas lleva

el hierro de amor agudo,
que hasta en el alma se ceba.

MALDONADO

Ésta dará, no lo dudo,
de su locura aquí prueba.

REY

  ¿Qué decís, gitana hermosa?

BELICA

Señor, yo digo una cosa:
que el Amor y el cazador
siguen un mismo tenor
y condición rigurosa.
  Hiere el cazador la fiera,
y aunque va despavorida,
huyendo en larga carrera,
consigo lleva la herida,
puesto que huya dondequiera;
  hiere Amor el corazón
con el dorado harpón,
y el que siente el parasismo,
aunque salga de sí mismo,
lleva tras sí su pasión.

REY

  Gitana tan entendida
muy pocas veces se ve.

BELICA

Soy gitana bien nacida.

REY

¿Quién es tu padre?

BELICA

No sé.

MALDONADO

Señor, es una perdida:
  dice dos mil desvaríos,
tiene los cascos vacíos,
y llena la necedad
de una cierta gravedad
que la hace tomar bríos
  sobre su ser.

BELICA

Sea en buen hora;

loca soy por la locura
que en vuestra ignorancia mora.

SILERIO

¿Sabéis la buenaventura?

BELICA

La mala nunca se ignora
  de la humilde que levanta
su deseo a alteza tanta,
que sobrepuja a las nubes.

SILERIO

Pues ¿por qué tanto la subes?

BELICA

No es mucho: a más se adelanta.

REY

    ¡Donaire tienes!

BELICA

Y tanto,
que, fiada en mi donaire,
mis esperanzas levanto
sobre la región del aire.

SILERIO

¡Risa causas!

REY

Y aun espanto.
  ¡Vamos! ¡Mal haya quien tiene
quien sus gustos le detiene!

SILERIO

Por la reina dice aquesto.

BELICA

No es bien el que viene presto,
si para partirse viene.

(**Éntrase el** REY **y** SILERIO.)

PEDRO

    Mira, Belica: yo atino
que en poner en ti mi amor
haré un grande desatino,
y así, me será mejor
llevar por otro camino

mis gustos. Voy, Maldonado,
a efetuar lo trazado,
para que la viuda estrecha
se vea una copia hecha
del cuerno que está nombrado;
   voime a vestir de ermitaño,
con cuyo vestido honesto
daré fuerzas a mi engaño.

MALDONADO

Ve donde sabes, que puesto
te dejé el vestido estraño.

(**Éntrase** PEDRO. **Sale el** ALGUACIL, **comisario de las danzas**.)

ALGUACIL

¿Quién es aquí Maldonado?

MALDONADO

Yo, mi señor.

ALGUACIL

Guárdeos Dios.

BELICA

Alguacil y bien criado,
¡milagro! Nunca sois vos
de la aldea.

MALDONADO

Has acertado,
   porque es de Corte, sin duda.

ALGUACIL

Es menester que se acuda
con una danza al palacio
del bosque.

MALDONADO

Dennos espacio.

ALGUACIL

Sí harán: que el rey se muda
   del monesterio do está,
de aquí a dos días, a él.

MALDONADO

Como lo mandas se hará.

BELICA

¿Viene la reina con él?

ALGUACIL

¿Quién lo duda? Sí vendrá.

BELICA

¿Y es todavía celosa,
como suele, y rigurosa?

ALGUACIL

Dicen que sí: no sé nada.

BELICA

¿No la hacen confiada
el ser reina y ser hermosa?

ALGUACIL

Turba el demasiado amor
a los sentidos más altos,
de más prendas y valor.

BELICA

A Amor son los sobresaltos
muy anejos, y el temor.

ALGUACIL

Tan moza, ¿y eso sabéis?
Apostaré que tenéis
el alma en su red envuelta.
Voime, que he de dar la vuelta
por aquí. No os descuidéis,
   Maldonado, en que sea buena
la danza, porque no hay pueblo
que hacer la suya no ordena.

MALDONADO

Todo mi aprisco despueblo;
ella irá de galas llena.

(Éntrase el ALGUACIL.)
(Salen SILERIO, el criado del REY, y INÉS, la gitana.)

SILERIO

¿Que tan arisca es la moza?

INÉS

Eslo, señor, de manera
que de nonada se altera,
y se enoja y alboroza;

                cierta fantasía reina
en ella, que nos enseña,
o que lo es, o que se sueña
que ha de ser princesa o reina;
     no puede ver a gitanos
y usa con ellos de estremos.

SILERIO

     Pues agora le daremos
do pueda llenar las manos,
     pues la quiere ver el rey
con amorosa intención.

INÉS

     En las leyes de afición
no guarda ninguna ley.
     Aunque quizá, como es alta
y subida en pensamientos,
hallará que a sus intentos
un rey no podrá hacer falta.
     Yo, a lo menos, de mi parte
haré lo que me has mandado,
y le daré tu recado,
no más de por contentarte.

SILERIO

     Pudiérase usar la fuerza
antes aquí que no el ruego.

INÉS

     Gusto con desasosiego,
antes mengua que se esfuerza.
     Mas llevaremos la danza,
y hablarémonos después;
que la escala de interés
hasta las nubes alcanza.

SILERIO

     Encomiéndote otra cosa,
que importa más a este efeto.

INÉS

     ¿Qué encomiendas?

SILERIO

     El secreto;
porque es la reina celosa;
     y con la menor señal
que vea de su disgusto,
turbará del rey el gusto,

          y a nosotros vendrá mal.

INÉS

          Váyase, que viene allí
nuestro conde.

SILERIO

          Sea en buen hora,
y humíllese esa señora;
yo haré lo que fuere en mí.

          (Vase SILERIO. **Entran** MALDONADO y PEDRO, **de ermitaño.)**

PEDRO

          Aunque yo pintara el caso,
no me saliera mejor.

MALDONADO

          Brunelo, el grande embaidor,
ante ti retire el paso.
     Con tan grande industria mides
lo que tu ingenio trabaja,
que te ha de dar la ventaja,
fraudador de los ardides.
     Libre de deshonra y mengua
saldrás en toda ocasión,
siendo en el pecho Sinón,
Demóstenes en la lengua.

INÉS

          Señor conde, el rey aguarda
nuestra danza aquesta tarde.

PEDRO

          Haga, pues, Belica alarde
de mi rica y buena andanza;
     púlase y échese el resto
de la gala y hermosura.

INÉS

          Quizá forjas su ventura,
famoso Pedro, en aquesto.
     A ensayar la danza vamos,
y a vestirnos de tal modo,
que se admire el pueblo todo.

PEDRO

          Bien dices, y ya tardamos.

                    (Éntranse todos.)

(**Salen el** REY **y** SILERIO.)

SILERIO

    Digo, señor, que vendrá
en la danza ahora, ahora.

REY

Mi deseo se empeora,
pasa de lo honesto ya;
  más me pide que pensé,
y ya acuso la tardanza,
pues la propincua esperanza
fatiga, y crece la fe.
  A los ojos la hurtarás
de la reina.

SILERIO

Haré tu gusto.

REY

Dirás cómo desto gusto,
y aun otras cosas dirás,
  con que acuses mi deseo
allá en tu imaginación.

SILERIO

Si Amor guardara razón,
fuera aquéste devaneo;
  pero, como no la guarda,
ni te culpo, ni desculpo.

REY

Conozco el mal, y me culpo,
aunque con disculpa tarda
  y floja.

SILERIO

La reina viene.

REY

Mira que estés prevenido,
y tan sagaz y advertido
como a mi gusto conviene;
  porque esta mujer celosa
tiene de lince los ojos.

SILERIO

Hoy gozarás los despojos
de la gitana hermosa.

(Entra la REINA.)

REINA

     Señor, ¿sin mí? ¿Cómo es esto?
No sé qué diga, en verdad.

REY

Alegra la soledad
deste fresco hermoso puesto.

REINA

    ¿Y enfada mi compañía?

REY

Eso no es bien que digáis,
pues con ella levantáis
al cielo la suerte mía.

REINA

    Cualquiera cosa me asombra
y enciende, y crece el deseo
si no os veo, o si no veo
de vuestro cuerpo la sombra;
    y, aunque esto es impertinencia,
si conocéis que el amor
me manda como señor,
con gusto tendréis paciencia.

SILERIO

    Las danzas vienen, señores,
que dellas el son se ofrece.

(Suena el tamboril.)

REY

Verémoslas, si os parece,
entre estas rosas y flores:
    que el sitio es acomodado,
espacioso y agradable.

REINA

Sea ansí.

(Entran CRESPO, el alcalde, y TARUGO, el regidor.)

ALCALDE

¿Que no le hable?
Tenéislo muy mal pensado.
    Voto a tal, que he de quejarme
al rey de aquesta solencia.

TARUGO

    Aquí está su reverencia,
Crespo.

ALCALDE

    ¿Queréis engañarme?
     ¿Cuál es?

REY

    Yo soy. ¿Qué os han hecho,
buen hombre?

ALCALDE

    No sé qué diga.
Han burlado mi fatiga,
y nuestra danza deshecho,
   vuestros pajes, que los vea
erguidos en Peralvillo.
Sé sentillo, y no decillo;
¿qué más mal queréis que sea?
   Veinte y cuatro doncellotes,
todos de tomo y de lomo,
venían. Yo no sé cómo
no os da el rey dos mil azotes,
   pajes, que sois la canalla
más mala que tiene el suelo.
Digo, pues, que, con mi celo,
que es bueno el que en mí se halla,
   aquestos tantos donceles
junté, como soy alcalde,
para serviros de balde,
con barbas y cascabeles.
   No quise traer doncellas,
por ser danza tan usada,
sino una cascabelada
de mozos parientes dellas;
   y, apenas vieron sus trajes,
al galán uso moderno,
cuando todo el mismo infierno
se revistió en vuestros pajes,
   y con trapajo y con lodo
tanta carga les han dado,
que queda desbaratado
el danzante escuadrón todo.
   Han sobajado al mejor
penuscón de danzadores
que en estos alrededores
vio príncipe ni señor.

REINA

      Pues volvedlos a juntar,
que yo haré que el rey espere.

TARUGO

      Aunque vuelva el que quisiere,
no se podrá rodear,
  porque van todos molidos
como cibera y alheña,
de mojicón, ripio y leña
largamente proveídos.

REINA

      ¿No traeréis uno siquiera,
porque gustaré de velle?

TARUGO

      Veré si puedo traelle.

ALCALDE

      Advertid que el rey espera,
  Tarugo, y si no está Renco
tan malo como le vi,
traed, si es posible, aquí
a mi sobrino Mostrenco,
  que en él echará de verse
cuáles los otros serían.
¡Oh, cuántos pajes se crían
en Corte para perderse!
  Pensé que por ser del rey,
y tan bien nacidos todos,
usarían de otros modos
de mejor crianza y ley;
  pero cuatro pupilajes
de cuatro universidades,
no encierran tantas ruindades
como saben vuestros pajes.
  Las burlas que nos han hecho
descubren con sus ensayos
que traen cruces en los sayos
y diablos dentro del pecho.

(**Vuelve TARUGO, y trae consigo a MOSTRENCO, tocado a papos, con un tranzado que llegue hasta las orejas, saya de bayeta verde guarnecida de amarillo, corta a la rodilla, y sus polainas con cascabeles, corpezuelo o camisa de pechos; y, aunque toque el tamboril, no se ha de mover de un lugar.**)

TARUGO

      A Mostrenco traigo; helo,
Crespo.

ALCALDE

    Pingarrón, tocad;
que la buena majestad
en él verá nuestro celo

                (Toca.)

    y nuestro ingenio lozano.
Menéate, majadero,
o hazte de rogar primero,
como músico o villano.
    ¡Hola! ¿A quién digo? Sobrino,
danza un poco, ¡pese a mí!

TARUGO

    El diablo nos trujo aquí,
según que ya lo adivino.
    ¡Yérguete, cuerpo del mundo!

          (Gínchale.)

ALCALDE

    ¡Oh pajes de Satanás!

REINA

    Ni le roguéis ni deis más.

ALCALDE

    Hoy nos echas al profundo
      con tu terquedad.

MOSTRENCO

    No puedo
menearme, ¡por San Dios!

SILERIO

    ¡Qué tierno doncel sois vos!

TARUGO

    ¿Qué tienes?

MOSTRENCO

    Quebrado un dedo
      del pie derecho.

REY

    Dejadle,
y a vuestro pueblo os volved.

ALCALDE

    Si es que me ha de hacer merced,

de Junquillos soy alcalde;
  y si castiga a sus pajes,
otra danza le traeremos
que pase a todos estremos
en la invención y los trajes.

     (**Éntranse** TARUGO, **alcalde**, **y** MOSTRENCO.)

REINA

    El alcalde es estremado.

REY

    Y la danza bien vestida.

REINA

    Bien platicada y reñida,
y el premio bien esperado.

SILERIO

     Ésta es la de las gitanas
que viene.

REINA

    Pues suelen ser
muchas de buen parecer
y de su traje galanas.

REY

     Que tiemble de una gitana
un rey, ¡qué gran poquedad!

SILERIO

    Verá vuestra majestad,
entre éstas, una galana
  y hermosa sobremanera,
y sobremanera honesta.

REY

    ¡Caro el mirarla me cuesta!

REINA

    ¿No llegan? ¿A qué se espera?

    (**Entran los** MÚSICOS, **vestidos a lo gitano;** INÉS **y** BELICA **y otros dos
muchachos, de gitanos, y en vistir a todas, principalmente a** BELICA, **se ha de
echar el resto; entra asimismo** PEDRO, **de gitano, y** MALDONADO; **han de traer
ensayadas dos mudanzas y su tamboril.**)

PEDRO

Vuestros humildes gitanos,
majestades que Dios guarde,
hacemos vistoso alarde
de nuestros bríos lozanos.
    Quisiéramos que esta danza
fuera toda de brocado;
mas el poder limitado
es muy poco lo que alcanza.
    Mas, con todo, mi Belilla,
con su donaire y sus ojos,
os quitará mil enojos,
dándoos gusto y maravilla.
    ¡Ea, gitanas de Dios,
comenzad, y sea en buen pie!

REINA

Bueno es el gitano, a fe.

MALDONADO

Id delantera las dos.

PEDRO

    ¡Ea, Belica, flor de abril;
Inés, bailadora ilustre,
que podéis dar fama y lustre
a esta danza y a otras mil!
                    (**Bailan**.)
    ¡Vaya el voladillo apriesa!
¡No os erréis; guardad compás!
¡Qué desvaída que vas,
Francisquilla! ¡Ea, Ginesa!

MALDONADO

    Largo y tendido el cruzado,
y tomen los brazos vuelo.
Si ésta no es danza del cielo,
yo soy asno enalbardado.

PEDRO

    ¡Ea, pizpitas ligeras
y andarríos bulliciosos,
llevad los brazos airosos
y las personas enteras!

MALDONADO

    El oído en las guitarras,
y haced de azogue los pies.

PEDRO

¡Por San; buenas van las tres!

MALDONADO

Y aun las cuatro no van malas.
Pero Belica es estremo
de donaire, brío y gala.

PEDRO

Como no bailan en sala,
que tropiecen cuido y temo.
                    (Cae BELICA **junto al** REY.)
¿No lo digo yo? Belilla
ha caído junto al rey.

REY

Que os alce yo es justa ley,
nueva octava maravilla;
y entended que con la mano
os doy el alma también.

REINA

Ello se ha hecho muy bien;
andado ha el rey cortesano.
¡Bien su majestad lo allana,
y la postra por el suelo,
pues levanta hasta su cielo
una caída gitana!

BELICA

Mostró en esto su grandeza,
pues casi fuera impiedad
que junto a su majestad
nadie estuviera en bajeza;
y no se pudo ofender
su grandeza en esto en nada,
pues majestad confirmada
no puede desfallecer;
y, en cierta manera, creo
que cabe en la suerte mía
que me hagan cortesía
los reyes.

REINA

Ya yo lo veo.
¿Que ese privilegio tiene
la hermosura?

REY

¡Ea, señora,
no turbéis la justa ahora,

porque alegra y entretiene!

REINA

   Apriétanme el corazón
esas palabras livianas.
Llevad aquestas gitanas
y ponedlas en prisión:
   que es la belleza tirana,
y a cualquier alma conquista,
y está su fuerza en ser vista.

REY

¿Celos te da una gitana?
   Cierto que es terrible cosa
e insufrible de decir.

REINA

Pudiérase eso decir,
a no ser ésta hermosa,
   y a ser vuestra condición
de rey; pero no es así.
Llevádmelas ya de ahí.

SILERIO

¡Estraña resolución!

INÉS

   Señora, así el pensamiento
celoso no te fatigue,
ni hacer hazañas te obligue
que no lleven fundamento.
   Que a solas quieras oírme
un poco que te diré,
y en ello no intentaré
de tu prisión eximirme.

REINA

   A mi estancia las llevad;
pero traedlas tras mí.

(Éntranse la REINA y las GITANAS.)

REY

Pocas veces celos vi
sin tocar en crüeldad.

SILERIO

   Una sospecha me afana,
señor, por lo que aquí veo,
y es que di de tu deseo

noticia a aquella gitana
  que a la reina quiere hablar
en secreto, y es razón
temer que de tu intención
larga cuenta querrá dar.

REY

  En mi dolor tan acerbo,
no me queda qué temer,
pues no puede negro ser
más que sus alas el cuervo.
  Venid, y daremos orden
cómo se tiemple en la reina
la furia que en ella reina,
la confusión y desorden.

(Éntranse el REY y SILERIO.)

PEDRO

  ¡Bien habemos negociado,
gustando vos del oficio!

MALDONADO

  Digo que pierdo el juïcio,
y estoy como embelesado.
  Belica presa, e Inés
con la reina quiere hablar.
¡Mucho me da que pensar!

PEDRO

  Y aun que temer.

MALDONADO

  Así es.

PEDRO

  Yo, a lo menos, el suceso
no pienso esperar del caso:
que a compás retiro el paso
del gitanesco progreso.
  Un bonete reverendo
y el eclesiástico brazo
sacarán deste embarazo
mi persona, a lo que entiendo.
  ¡Adiós, Maldonado!

MALDONADO

  Espera.
¿Qué quieres hacer?

PEDRO

>No, nada;
la suerte tengo ya echada,
y tengo sangre ligera.
    No me detendrán aquí
con maromas y con sogas.

MALDONADO

>En muy poca agua te ahogas.
Nunca pensé tal de ti;
    antes, pensé que tenías
ánimo para esperar
un ejército.

PEDRO

>Es hablar:
otras son las fuerzas mías.
    Aún no me has bien conocido;
pues entiende, Maldonado,
que ha de ser el hombre honrado
recatado, y no atrevido;
    y es prudencia prevenir
el peligro. Queda en paz.

MALDONADO

>Sin porqué temes; mas haz
tu gusto.

PEDRO

>Yo sé decir
    que es razón que aquí se tema:
que las iras de los reyes
pasan términos y leyes,
como es su fuerza suprema.

MALDONADO

>   Si así es, vámonos luego,
que nos estará mejor.

MÚSICOS

>Todos tenemos temor,
Maldonado.

MALDONADO

>No lo niego.

(Éntranse todos.)

JORNADA TERCERA

Sale PEDRO, **como ermitaño, con tres o cuatro taleguillos de anjeo llenos de arena en las mangas.**

PEDRO

Ya está la casa vecina
de aquella viuda dichosa,
digo de aquella Marina
Sánchez, que, por generosa,
al cielo el alma encamina;
                    (MARINA, **a la ventana.**)
ya su marido, Vicente
del Berrocal, fácilmente
saldrá de la llama horrenda,
en cuanto Marina entienda
que yace en ella doliente;
    su hijo, Pedro Benito,
amainará desde luego
el alto espantoso grito
con que se queja en el fuego
que abrasa el negro distrito;
    dejará de estar mohíno
Martinico, su sobrino,
el del lunar en la cara,
viendo que se le prepara
de la gloria el real camino.

VIUDA

    Padre, espere, que ya abajo,
y perdone si le doy
en el esperar trabajo. (**Quítase de la ventana y baja.**)

PEDRO

Gracias a los cielos doy,
que me luce si trabajo;
    gracias doy a quien me ha hecho
entrar en aqueste estrecho,
donde, sin temor de mengua,
me ha de sacar esta lengua
con honra, gusto y provecho.
    Memoria, no desfallezcas,
ni por algún acidente
silencio a la lengua ofrezcas;
antes, con modo prudente,
ya me alegres, ya entristezcas,
    en los semblantes me muda
que con aquesta viuda

me acrediten, hasta tanto
que la dejen, con espanto,
contenta, pero desnuda.

(**Entra la** VIUDA.)

VIUDA

Padre, déme aquesos pies.

PEDRO

Tente, honrada labradora;
no me toques. ¿Tú no ves
que adonde la humildad mora
pierde el honor su interés?
Las almas que están en penas,
de todo contento ajenas,
aunque más las soliciten,
las ceremonias no admiten
de que están las cortes llenas.
Más les importa una misa
que cuatro mil besamanos,
y esto tu padre te avisa,
y esos tratos cortesanos
tenlos por cosa de risa.
Pero, en tanto que te doy
cuenta, amiga, de quién soy,
guárdame aqueste talego,
y estotro del nudo ciego,
con quien tan cargado voy.

VIUDA

Ya, señor, tengo noticia
de quién eres, y sé bien
que tu voluntad codicia
que en misericordia estén
las almas y no en justicia.
Sé la honrada comisión
que tienes, y, en conclusión,
te suplico que me cuentes
cómo las de mis parientes
tendrán descanso y perdón.

PEDRO

Vicente del Berrocal,
tu marido, con setenta
escudos de principal
ha de rematar la cuenta
en mil bienes de su mal.
Pedro Benito, tu hijo,
saldrá de aquel escondrijo

con cuarenta y seis no más,
y con esto le darás
un sin igual regocijo.
    Tu hija, Sancha Redonda,
pide que a su voluntad
tu larga mano responda:
que es soga la caridad
para aquella cueva honda.
    Cincuenta y dos amarillos
pide, redondos, sencillos,
o ya veinte y seis doblados,
con que serán quebrantados
de sus prisiones los grillos.
    Martín y Quiteria están,
tus sobrinos, en un pozo,
padeciendo estrecho afán,
y desde allí con sollozo
amargas voces te dan.
    Diez doblones de a dos caras
piden que ofrezca en las aras
de la devoción divina,
pues que los tiene Marina
entre sus cosas más caras.
    Sancho Manjón, tu buen tío,
padece en una laguna
mucha sed y mucho frío,
y con llantos te importuna
que des a su mal desvío.
    Solos catorce ducados
pide, pero bien contados
y en plata de cuño nuevo,
y yo a llevarlos me atrevo
sobre mis hombros cansados.

VIUDA

    ¿Vistes allá, por ventura,
señor, a mi hermana Sancha?

PEDRO

Vila en una sepultura
cubierta con una plancha
de bronce, que es cosa dura,
    y al pasarle por encima,
dijo: "Si es que te lastima
el dolor que aquí te llora,
tú, que vas al mundo agora,
a mi hermana y a mi prima
    dirás que en su voluntad
está el salir destas nieblas
a la inmensa claridad:

que es luz de aquestas tinieblas
la encendida caridad.
    Que apenas sabrá mi hermana
mi pena, cuando esté llana
a darme treinta florines,
por poner ella sus fines
en ser cuerda, y no de lana".
    Infinitos otros vi,
tus parientes y criados,
que se encomiendan a ti,
cuáles hay de a dos ducados,
cuáles de a maravedí;
    y séte decir, en suma,
que, reducidos con pluma
y con tinta a buena cuenta,
a docientos y cincuenta
escudos llega la suma.
    No te azores, que ese saco
que te di a guardar primero,
si es que bien la cuenta saco,
me le dio un bodegonero,
grande imitador de Caco,
    no más de porque a su hija,
que entre rescoldo de hornija
yace en las hondas cavernas,
en sus delicadas piernas
el fuego menos la aflija.
    Un mozo de mulas fue
quien me dio el saco segundo
que en tus manos entregué,
gran caminador del mundo,
malo, mas de buena fe.
    De arenas de oro de Tíbar
van llenos, con que el acíbar
y amarguísimo trabajo
de las almas de allá abajo
se ha de volver en almíbar.
    ¡Ea, pues, mujer gigante,
mujer fuerte, mujer buena;
nada se os ponga delante
para no aliviar la pena
de toda ánima penante!
    Desechad de la garganta
ese nudo que os quebranta,
y decid con voz serena:
"Haré, señor, cuanto ordena
tu voz sonorosa y santa".
    Que, en entregando los numos
en estas groseras manos,
con gozos altos y sumos,

sus fuegos más inhumanos
verás convertir en humos.
  ¿Qué será ver a deshora
que por la región del aire
va un alma zapateadora
bailando con gran donaire,
de esclava hecha señora?
  ¡Qué de alabanzas oirás
por delante y por detrás,
ora vayas, ora estés,
de toda ánima cortés
a quien hoy libertad das! (**Vuélvele los sacos**.)

VIUDA

  Tenga, y un poco me espere,
que yo voy, y vuelvo luego
con todo aquello que quiere. (**Éntrase la** VIUDA.)

PEDRO

En gusto, en paz y en sosiego
tu vida el cielo prospere.
  Si bien en ello se advierte,
aquésta es la mujer fuerte
que se busca en la *Escritura*.
Tengas, Marina, ventura
en la vida y en la muerte.
  Belilla, gitana bella,
todo el fruto deste embuste
gozarás sin falta o mella,
aunque tu gusto no guste
de mi amorosa querella.
  Cuanto este dinero alcanza
se ha de gastar en la danza
y en tu adorno, porque quiero
que por galas ni dinero
no malogres tu esperanza.

(Vuelve la VIUDA **con un gato lleno, como que trae el dinero**.)

VIUDA

  Toma, venerable anciano,
que ahí va lo que pediste,
y aun a darte más me allano.

PEDRO

Marina, el tuyo me diste
con el proceder cristiano.
  En tra[s]poniendo esta loma,
en un salto daré en Roma
y en otro en el centro hondo;

y, porque a quien soy respondo,
mi buena bendición toma,
   que da salud a las muelas,
preserva que no se engañe
nadie con fraude y cautelas,
ni que de mirar se estrañe
las noturnas centinelas.
   Puede en las escuras salas
tender sin temor las alas
el más flaco corazón,
(**Bendícela**.)
 llevando la bendición
del gran Pedro de Urdemalas. (**Éntrase** PEDRO.)

VIUDA

   Comisario fidedino
de las almas que en trabajo
están penando contino,
pues dicen que es cuesta abajo
del purgatorio el camino,
   échate a rodar, y llega
ligero a la escura vega
o valle de llanto amargo,
y aplícalas al descargo
que mi largueza te entrega.
   En cada escudo que di
llevas mi alma encerrada,
y en cada maravedí,
y como cosa encantada
parece que quedo aquí.
   Ya yo soy otra alma en pena,
después que me veo ajena
del talego que entregué;
pero en hombros de mi fe
saldré a la región serena. (**Éntrase**.)

(**Sale la** REINA, **y trae en un pañizuelo unas joyas, y sale con ella** MARCELO,
caballero anciano.)

REINA

   Marcelo, sin que os impida
la guarda de algún secreto,
porque no os pondrá en aprieto
de perder fama ni vida,
   os ruego me respondáis
a ciertas preguntas luego.

MARCELA

Bien escusado es el ruego,
señora, donde mandáis.

        Preguntad a vuestro gusto,
porque mi honra y mi vida
está a vuestros pies rendida,
y es de lo que yo más gusto.

REINA

        Estas joyas de valor,
¿cúyas son o cúyas fueron?

MARCELA

Un tiempo dueño tuvieron
que siempre fue mi señor.

REINA

        Pues, ¿cómo se enajenaron?
Porque me importa saber
cómo aquesto vino a ser:
si se dieron, o se hurtaron.

MARCELA

        Pues que ya la tierra cubre
el delito y la deshonra,
si es deshonra y si es delito
el que amor honesto forja,
quiero romper un silencio
que no importa que le rompa
ni a los muertos ni a los vivos;
antes, a todos importa.
«La duquesa Félix Alba,
que Dios acoja en su gloria,
una noche, en luz escasa
y en tinieblas abundosa,
estando yo en el terrero,
con esperanza dudosa
de ver a la que me diste,
gran señora, por esposa,
con un turbado ceceo
me llamó, y con voz ansiosa
me dijo: "Así la ventura
a tus deseos responda,
señor, quienquiera que seas;
que, en esta ocasión forzosa,
mostrando pecho cristiano,
a quien te llama socorras.
Pon a recado esa prenda,
más noble que venturosa;
dale el agua del bautismo
y el nombre que tú le escojas".
Y en esto ya descolgaba
de unas trenzas, que de soga

sirvieron, una cestilla
de blanca mimbre olorosa.
No dijo más, y encerróse.
Yo quedé en aquella hora
cargado, suspenso y lleno
de admiración y congoja,
porque oí que una criatura
dentro de la cesta llora,
así cual recién nacida.
¡Ved qué carga, y a qué hora!
En fin, porque presto veas
el de aquesta estraña historia,
digo que al punto salí,
con diligencia no poca,
de la ciudad al aldea
que está sobre aquella loma,
por ser cerca. Pero el cielo,
que infortunios acomoda,
me deparó en el camino,
al despuntar del aurora,
un rancho de unos gitanos,
de pocas y humildes chozas.
Por dádivas y por ruegos,
una gitana no moza
me tomó la criatura
y al punto desenvolvióla,
y entre las fajas, envueltas
en un lienzo, halló esas joyas,
que yo conocí al momento,
pues son de tu hermano todas.
Dejéselas con la niña,
que era una niña hermosa
la que en la cesta venía,
nacida de pocas horas;
encarguéle su crianza
y el bautismo, y que, con ropas
humildes, empero limpias,
la criase. ¡Estraña cosa!:
que, cuando deste suceso
mi lengua a tu hermano informa,
dijo: "Marcelo, la niña
es mía, como las joyas.
La duquesa Félix Alba
es su madre, y ella es sola
el blanco de mis deseos
y de mis penas la gloria.
Inmaturo ha sido el parto,
mal prevenida la toma;
pero no hay falta que llegue
de su ingenio a la gran sobra".

Estando en estas razones,
en son tristísimo doblan
las campanas, sin que quede
monesterio ni perroquia.
El son general y triste
daba indicios ser persona
principal la que a la tierra
el común tributo torna.
Hizo manifiesto el caso
un paje que entró a deshora
diciendo: "Muerta es, señor,
Félix Alba, mi señora.
De improviso murió anoche,
y por ella, señor, forman
este son tantas campanas,
y tantas gentes que lloran"
Con estas nuevas tu hermano
quedó con el alma absorta,
sin movimiento los ojos,
inamovible la persona.
Volvió en sí desde allí a un rato,
y, sin decirme otra cosa
sino: "Haz criar la niña,
y no le quites las joyas;
como gitana se críe,
sin hacerla sabidora,
aunque crezca, de quién es,
porque esto a mi gusto importa".
Dos horas tardó en partirse
a las fronteras, do apoca
con su lanza la morisma,
sus gustos con sus memorias.
Siempre me escribe que vea
a Belica, que llamóla
así la gitana sabia
que con mucho amor crióla.
Yo no alcanzo su desinio,
ni a qué aspira, ni en qué topa
el no querer que se sepa
tan rara y tan triste historia.
Hale dicho a la muchacha
que un ladrón gitano hurtóla,
y ella se imagina hija
de alguna real persona.
Yo la he visto muchas veces,
y hacer y decir mil cosas,
que parece que ya tiene
en las sienes la corona.
Murió la que la dio leche,
y, con las joyas, dejóla

en poder de otra su hija,
si no tan bella, tan moza.
Ésta, que es la que tenía
esas joyas, no otra cosa
sabe más de lo que supo
su madre, y el hecho ignora
de los padres de Isabel,
tu sobrina, la hermosa,
la señora, la garrida,
la discreta y la briosa.»
Respondo esto a la pregunta
si se dieron esas joyas,
o se hurtaron: que me admira
verlas donde están agora.

[REINA]

La mitad he yo sabido
desta peregrina historia,
y una y otra relación,
sin que discrepen, conforman.
Mas dime: ¿conocerías,
si acaso vieses, la hermosa
gitana que dices?

MARCELA

Sí;
como a mí mismo, señora.

REINA

Pues espérate aquí un poco. (**Éntrase la** REINA.)

MARCELA

¿Quién trujo aquí aquestas joyas?
¡Cómo a los cielos y al tiempo
por jamás se encubre cosa!
¿Si he hecho mal en descubrirme?
Sí: que lengua presurosa
no da lugar al discurso
y más condena que abona.

(**Vuelven la** REINA, BELICA **y** INÉS.)

REINA

  ¿Es aquél el que venía
a ver a tu hermana?

INÉS

Sí;
que con mi madre le vi
comunicar más de un día.

REINA

    Con eso, y con el semblante,
que al de mi hermano parece,
ya veo que se me ofrece
una sobrina delante.

MARCELA

    Así lo puedes creer:
que ésa que traes de la mano
es la prenda que tu hermano
quiere y debe más querer.
    Si ilustre por el padre
la ha hecho Dios en el suelo,
no menos la hace el cielo
estremada por la madre,
    y ella, por su hermosura,
merece ser estimada.

(Entran el REY y el CABALLERO.)

REY

    Ello es cosa averiguada
que no hay celos sin locura.

REINA

    Y sin amor, señor mío,
dijérades muy mejor.

REY

    Celos son rabia, y amor
siempre della está vacío;
    y de la causa que es buena
mal efecto no procede.

REINA

    En mí al contrario sucede:
siempre celos me dan pena,
    y siempre los ha engendrado
el grande amor que yo os tengo.

REY

    Si hay venganza, yo me vengo
con que os hayáis engañado,
    pues no podrán redundar
de vuestras preguntas hechas
tan vehementes sospechas
que me puedan condenar,
    ni yo, si miráis en ello,
soy de sangre tan liviana

que a tan humilde gitana
incline el altivo cuello.

REINA

   Mirad, señor, que es hermosa,
y que la rara belleza
se lleva tras sí la alteza
y fuerza más poderosa.
   Por mis ojos, que lleguéis
a mirar sus bellos ojos.

REY

Si gustáis de darme enojos,
no es buen medio el que ponéis.

REINA

   ¿Cómo? ¿Y que así os amohína
el mirar a una doncella
que, después de ser tan bella,
aspira a ser mi sobrina?

BELICA

   ¿Qué ha de ser aquesto, Inés?
Que me voy imaginando
que se están de mí burlando.

INÉS

Calla y sabráslo después.

REINA

   Miradla así, descuidado,
y decidme a quién parece.

REY

A los ojos se me ofrece
de Rosamiro un traslado.

REINA

No es mucho, porque es su hija
y como a tal la estimad.

CABALLERO

¿Burla vuestra majestad?

REINA

No es bien que eso se colija
  de verdad tan manifiesta.

REY

Si no burláis, es razón

que me cause admiración
tal novedad como es ésta.

REINA

    Llegad al rey, Isabel,
y decid que os dé la mano
como a hija de mi hermano.

BELICA

Como sierva llego a él.

REY

    Levantad, bella criatura,
que de vuestro parecer
muy bien se puede creer
y esperar mayor ventura.
    Pero decidme, señora:
¿cómo sabéis esta historia?

REINA

    Aunque es breve y es notoria,
no es para decilla agora.
    Vámonos a l[a] ciudad,
que en el camino sabréis
lo que luego creeréis
como infalible verdad.

REY

Vamos.

MARCELA

    No hay dudar, señor,
en historia que es tan clara,
pues su rostro la declara,
y yo, que soy el actor.

(Vanse entrando todos, y a la postre quedan INÉS y BELICA.**)**

INÉS

    Belica, pues vas sobrina
de la reina, por lo menos,
esos tus ojos serenos
a nuestra humildad inclina.
    Acuérdate de que hurtamos
más de una vegada juntas,
y que sin soberbia y puntas
más de otras cinco bailamos;
    y que, aunque habemos andado
muchas veces a las greñas,
siempre en efeto y por señas

te he temido y respetado.
    Haz algún bien, pues podrás,
a nuestros gitanos pobres;
así en venturosa sobres
a cuantas lo fueron más.
    Responde a lo que se ve
de tu ser tan principal.

BELICA

    Dame, Inés, un memorial,
que yo le despacharé.

PEDRO

    Dicen que la variación
hace a la naturaleza
colma de gusto y belleza,
y está muy puesto en razón.
    Un manjar a la contina
enfada, y un solo objeto
a los ojos del discreto
da disgusto y amohína.
    Un solo vestido cansa.
En fin, con la variedad
se muda la voluntad
y el espíritu descansa.
    Bien logrado iré del mundo
cuando Dios me lleve dél,
pues podré decir que en él
un Proteo fui segundo.
    ¡Válgame Dios, qué de trajes
he mudado, y qué de oficios,
qué de varios ejercicios,
qué de exquisitos lenguajes!
    Y agora, como estudiante,
de la reina voy huyendo,
cien mil azares temiendo
desta mi suerte inconstante.
    Pero yo, ¿por qué me cuento
que llevo en mudable palma?
Si ha de estar siempre nuestra alma
en contino movimiento,
    Dios me arroje ya a las partes
donde más fuere servido.

LABRADOR

    Pues yo no las he vendido;
bien parece que es hoy martes.

PEDRO

    Mostrad, hermano; llegad,
llegad, mostrad. ¿Qué os turbáis?
Ellas son de calidad,
que en cada una mostráis
vuestra grande caridad.
    Andad con Dios y dejaldas,
y desde lejos miraldas,
como a reliquias honraldas,
para el culto dedica[l]das
bucólico y adoraldas.

LABRADOR

    Como me las pague, haga
altar o reliquias dellas,
o lo que más satisfaga
a su gusto.

PEDRO

    Sólo es dellas
santa y justísima paga
    hacer dellas un empleo
que satisfaga al deseo
del más mirado cristiano.

LABRADOR

    Saldrá su disignio vano,
señor zote, a lo que creo.

(Entran dos REPRESENTANTES, **que se señalan con números** 1 y 2.**)**

PEDRO

    Sois hipócrita y malino,
pues no tenéis miramiento
que os habla un hombre cetrino,
hombre que vale por ciento
para hacer un desatino;
    hombre que se determina,
con una y otra gallina,
sacar de Argel dos cautivos
que están sanos y están vivos
por la voluntad divina.

REPRESENTANTE 1

    Este cuento es de primor,
y el sacristán, o lo que es,

juega de hermano mayor.

PEDRO

¡Oh fuerzas del interés,
llenas de envidia y rigor!
   ¿Que es posible que te esquives,
por tan pocos arrequives,
de sacar sendos cristianos
de mano de los tiranos?
¡Cómante malos caribes!

LABRADOR

   Diga, señor papasal:
¿son, por ventura, mostrencas
mis gallinas, ¡pesiatal!,
para no hacerme de pencas
de dar mi pobre caudal?
   Rescaten a esos cristianos
los ricos, los cortesanos,
los frailes, los limosneros:
que yo no tengo dineros
si no lo ganan mis manos.

REPRESENTANTE 1

   (**[Aparte]**.) Esforcemos este embuste.
Sois un hombre mal mirado,
de mala yacija y fuste,
hombre que es tan desalmado,
que no hay cosa de que guste.

PEDRO

   La maldición de mi zorra,
de mi bonete y mi gorra,
caiga en ti y en tu ralea,
y cautivo yo te vea
en Fez en una mazmorra,
   para ver si te holgarás
de que sea quien entonces,
por dos gallinas no más...
¡Oh corazones de bronces,
archivos de Satanás!
   ¡Oh miseria desta vida,
a términos reducida,
que vienen los cortesanos
a rogar a los villanos,
gente non santa y perdida!

LABRADOR

   ¡Pesia a mí! Denme mis aves,
que yo no estoy para dar

limosna.

REPRESENTANTE 1

   ¡Qué poco sabes
de achaque de rescatar
dos hombres gordos y graves!
   Yo los tengo señalados,
corpulentos y barbados,
de raro talle y presencia,
que valen en mi conciencia
más de trecientos ducados,
   y por estas dos gallinas,
solamente, los rescato.
¡Ved qué entrañas tan molestas
tiene este pobre pazguato,
criado entre las encinas!
   ¡Ya la ruindad y malicia,
la miseria y la codicia
reina sólo entre esta gente!

LABRADOR

   Aun bien que hay aquí teniente,
corregidor y justicia. (**[Éntrase]**.)

PEDRO

   Y yo tengo lengua y pies.
Esperen, y lo verán.

REPRESENTANTE 1

   Sois un traidor magancés,
hombre de aquellos que dan
mohatras de tres en tres.

REPRESENTANTE 2

   Déjele vuesa merced,
que, pues ya dejó en la red
las cobas, vaya en buen hora.

[REPRESENTANTE 1]

   Pues bien: ¿qué haremos agora?

[PEDRO]

   Lo que es vuestro gusto haced.
   Despójese de su pluma
el rescate, y véase luego,
en resolución y en suma,
si hay algún rancho o bodego
donde todo se consuma:
   que yo, a fe de compañero,
desde agora me prefiero

a dar todo el adherente.

REPRESENTANTE 2

Hay un grande inconveniente:
que hemos de ensayar primero.

PEDRO

Pues díganme: ¿son farsantes?

REPRESENTANTE 1

Por nuestros pecados, sí.

PEDRO

Haz de mis dichas Adlantes,
cerros de mi Potosí,
de mi pequeñez gigantes;
  en vosotros se me ofrece
todo aquello que apetece
mi deseo en sumo grado.

REPRESENTANTE 2

¿Qué vendaval os ha dado,
que así el seso os desvanece?

PEDRO

  Sin duda, he de ser farsante,
y haré que estupendamente
la fama mis hechos cante,
y que los lleve y los cuente
en Poniente y en Levante.
  Volarán los hechos míos
hasta los reinos vacíos
de Policea, y aún más,
en nombre de Nicolás,
y el sobrenombre de Ríos:
  que éste fue el nombre de aquel
mago que a entender me dio
quién era el mundo crüel,
ciego que sin vista vio
cuantos fraudes hay en él.
  En las chozas y en las salas,
entre las jergas y galas
será mi nombre estendido,
aunque se ponga en olvido
el de Pedro de Urdemalas.

REPRESENTANTE 2

  Enigma y algarabía
es cuanto habláis, señor,
para nosotros.

PEDRO

Sería
falta de ingenio y valor
contaros la historia mía,
    a lo menos por agora.
Vamos: que, si se mejora
mi suerte con ser farsista,
seréis testigos de vista
del ingenio que en mí mora,
    principalmente en jugar
las tretas de un entremés
hasta do pueden llegar.

(Entra otro FARSANTE.)

REPRESENTANTE 3

¿No advertirán que ya es
hora y tiempo de ensayar?
    Porque pide el rey comedia,
y el autor ha ya hora y media
que espera. ¡Grande descuido!

REPRESENTANTE 1

Pues con ir presto, yo cuido
que ese daño se remedia.
    Venga, galán, que yo haré
que hoy quede por recitante.

PEDRO

Si lo quedo, mostraré
que soy para autor bastante
con lo menos que yo sé.
    Llegado ha ya la ocasión
donde la adivinación
que un hablante Malgesí
echó un tiempo sobre mí,
tenga efecto y conclusión.
    Ya podré ser patriarca,
pontífice y estudiante,
emperador y monarca:
que el oficio de farsante
todos estados abarca;
    y, aunque es vida trabajosa,
es, en efecto, curiosa,
pues cosas curiosas trata,
y nunca quien la maltrata
le dará nombre de ociosa.

(Éntranse todos.)

AUTOR

    Son muy anchos de conciencia
vuesas mercedes, y creo,
por las señales que veo,
que me ha de faltar paciencia.
    ¡Cuerpo de mí! ¿En veinte días
no se pudiera haber puesto
esta comedia? ¿Qué es esto?
Ellas son venturas mías.
    Póneme esto en confusión,
y en un rancor importuno,
que nunca falte ninguno
al pedir de la ración,
    y al ensayo es menester
que con perros y hurones
los busquen, y aun a pregones,
y no querrán parecer.

PEDRO

    ¿Quién un agudo embustero,
ni un agudo hablador,
sabrá hacerle mejor
que yo, si es que hacerle quiero?

AUTOR

    Si no pica de arrogante
el dómine, mucho sabe.

PEDRO

    Sé todo aquello que cabe
en un general farsante;
    sé todos los requisitos
que un farsante ha de tener
para serlo, que han de ser
tan raros como infinitos.
    De gran memoria, primero;
segundo, de suelta lengua;
y que no padezca mengua
de galas es lo tercero.
    Buen talle no le perdono,
si es que ha de hacer los galanes;
no afectado en ademanes,
ni ha de recitar con tono.
    Con descuido cuidadoso,
grave anciano, joven presto,
enamorado compuesto,
con rabia si está celoso.

Ha de recitar de modo,
con tanta industria y cordura,
que se vuelva en la figura
que hace de todo en todo.
   A los versos ha de dar
valor con su lengua experta,
y a la fábula que es muerta
ha de hacer resucitar.
   Ha de sacar con espanto
las lágrimas de la risa,
y hacer que vuelvan con [p]risa
otra vez al triste llanto.
   Ha de hacer que aquel semblante
que él mostrare, todo oyente
le muestre, y será excelente
si hace aquesto el recitante.

(Entra el ALGUACIL **de las comedias**.)

ALGUACIL

   ¿Ahora están tan despacio?
Esperarles he a que acaben.
Bien parece que no saben
las nuevas que hay en palacio.
   Vengan, que ya me amohína
la posma que en ellos reina,
aguardando el rey o reina
y la nueva su sobrina.

AUTOR

   ¿Qué sobrina?

ALGUACIL

   Una gitana,
dicen, que es bella en estremo.

PEDRO

   Que sea Belica temo.
¿Y eso es verdad?

ALGUACIL

   Y tan llana,
   que yo no sé cuál se sea
mayor verdad por agora.
Y la reina, mi señora,
hacerle fiestas desea.
   Venid, que allá lo sabréis
todo como pasa al punto.

PEDRO

    Mucho bien me vendrá junto
si por vuestro me queréis.

AUTOR

     Admitido estáis ya al gremio
de nuestro alegre ejercicio,
pues vuestro raro juïcio,
mayor lauro pide en premio.
    Largo hablaremos después.
Vamos, y haremos la prueba
de vuestra gracia tan nueva,
ensayando un entremés.

PEDRO

     No me hará ventaja alguno
en eso, cual se verá.

ALGUACIL

    Señores, que es tarde ya.

AUTOR

    ¿Falta aquí alguno?

REPRESENTANTE 1

    Ninguno.

(Vanse todos.)
(Salen el REY **y** SILERIO.**)**

REY

     En cualquier traje se muestra
su belleza al descubierto:
gitana, me tuvo muerto;
dama, a matarme se adiestra.
    El parentesco no afloja
mi deseo; antes, por él
con ahínco más crüel
toda el alma se congoja.

(Suenan guitarras.)

    Pero, ¿qué música es ésta?

SILERIO

    Los comediantes serán,
que adonde se visten van.

REY

    Ya me entristece la fiesta;
    ya sólo con mi deseo
quisiera avenirme a solas,

y dar costado a las olas
del mar de amor do me veo.
    Pero escucha, que mi historia
parece que oigo cantar,
y es señal que ha de durar
luengos siglos su memoria.

(Entran los MÚSICOS cantando este romance:)

MÚSICOS

Bailan las gitanas;
míralas el rey;
la reina, con celos,
mándalas prender.
    Por Pascua de Reyes
hicieron al rey
un baile gitano
Belica e Inés;
turbada Belica,
cayó junto al rey,
y el rey la levanta
de puro cortés;
mas como es Belilla
de tan linda tez,
la reina, celosa,
    mándalas prender.

SILERIO

    Vienen tan embebecidos,
que no nos echan de ver.

REY

Cantan lo que debe ser
suspensión de los sentidos.

MÚSICO 1

    El rey está aquí. ¡Chitón!
Quizá no le agradará
nuestra canción.

MÚSICO 2

Sí hará,
por ser nueva la canción,
    y no contiene otra cosa,
fuera de que es dulce y grave,
que decir lo que se sabe:
que es la reina recelosa,
    y hechura de la mujer
tener celos del marido.

REY

    ¡Qué bien que lo has entendido!
    Dételo el diablo a entender.
      Silerio, mi muerte y vida
    vienen juntas. ¿Qué haré?

SILERIO

    Mostrar a un tiempo la fe,
    aquí cierta, allí fingida.

(Entran la REINA **y** BELICA, **ya vestida de dama;** INÉS, **de gitana;**
MALDONADO, **el autor,** MARTÍN CRESPO, **el alcalde, y** PEDRO DE
URDEMALAS.)

PEDRO

      Famosa Isabel, que ya
    fuiste Belica primero;
    Pedro, el famoso embustero,
    postrado a tus pies está,
      tan hecho a hacer desvaríos,
    que, para cobrar renombre,
    el Pedro de Urde, su nombre,
    ya es Nicolás de los Ríos.
      Digo que tienes delante
    a tu Pedro conocido,
    de gitano convertido
    en un famoso farsante,
      para servirte en más obras
    que puedes imaginar,
    si no le quieres faltar
    con lo mucho en que a otros sobras.
      Tu presunción y la mía
    han llegado a conclusión:
    la mía sólo en ficción;
    la tuya, como debía.
      Hay suertes de mil maneras,
    que, entre donaires y burlas,
    hacen señores de burlas,
    como señores de veras.
      Yo, farsante, seré rey
    cuando le haya en la comedia,
    y tú, oyente, ya eres media
    reina por valor y ley.
      En burlas podré servirte,
    tú hacerme merced de veras,
    si tras las mañas ligeras
    del vulgo no quieres irte;
      en el cual, si alguno hubo
    o hay humilde en rica alteza,
    siempre queda la bajeza

de aquel principio que tuvo.
     Pero tu ser y virtud
me tienen bien satisfecho,
que no llegará a tu pecho
la sombra de ingratitud.
     Por aquesta buena fe,
de la reina, ¡oh gran sobrina!,
y por ver que a ti se inclina
quien gitano por ti fue,
     que al rey pidas te suplico,
andando el tiempo, una cosa
más buena que provechosa,
porque a mi gusto la aplico.

REY

     Desde luego la concedo;
pide lo que es de tu gusto.

PEDRO

     Por ser lo que quiero justo,
lo declararé sin miedo.
     Y es que, pues claro se entiende
que el recitar es oficio
que a enseñar, en su ejercicio,
y a deleitar sólo atiende,
     y para esto es menester
grandísima habilidad,
trabajo y curiosidad,
saber gastar y tener,
     que ninguno no le haga
que las partes no tuviere
que este ejercicio requiere,
con que enseñe y satisfaga.
     Preceda examen primero,
o muestra de compañía,
y no por su fantasía
se haga autor un pandero.
     Con esto pondrán la mira
a esmerarse en su ejercicio:
que tanto es bueno el oficio,
cuanto es el fin a que aspira.

BELICA

     Yo haré que el rey, mi señor,
vuestra petición conceda.

REY

     Y aun otras, si hay en qué pueda
valerle vuestro favor.

REINA

> Con mejores ojos miro
> agora que la miréis;
> y en cuanto por ella hacéis,
> más me alegro que me admiro.
>   Ya mi voluntad se inclina
> a acreditar a los dos:
> que entre mis celos y vos
> se ha puesto el ser mi sobrina.
>   Vamos a oír la comedia
> con gusto, pues que los cielos
> no ordenaron que mis celos
> la volviesen en tragedia.
>   Y avisaráse a mi hermano
> luego deste hallazgo bueno. (**Éntrase**.)

REY

> Ya yo le tengo en el seno
> y le toco con la mano.
>   ¡Oh imaginación, que alcanzas
> las cosas menos posibles,
> si alcanzan las imposibles
> de reyes las esperanzas!

[SILERIO]

> No te aflijas, que no es tanto
> el parentesco que impida
> hallar a tu mal salida.

REY

> Sí; mas moriré entretanto.

(**Éntrase el** REY **y** SILERIO.)

MALDONADO

> Señora Belica, espere;
> mire que soy Maldonado,
> su conde.

BELICA

> Tengo otro estado
> que estar aquí no requiere.
>   Maldonado, perdonadme,
> que yo os hablaré otro día.

INÉS

> ¡Hermana Belica mía!

BELICA

> La reina espera; dejadme. (**Éntrase** BELICA.)

INÉS

    ¡Entróse! ¡Quién me dijera
aquesto casi antiyer!
No lo pudiera creer,
si con los ojos lo viera.
    ¡Válame Dios, y qué ingrata
mochacha, y qué sacudida!

PEDRO

    La mudanza de la vida
mil firmezas desbarata,
    mil agravios comprehende,
mil vivezas atesora,
y olvida sólo en un hora
lo que en mil siglos aprende.

ALCALDE

    Pedro, ¿cómo estás aquí
tan galán? ¿Qué te has hecho?

PEDRO

    Pudiérame haber deshecho,
si no mirara por mí.
    Mudado he de oficio y nombre,
y no es así comoquiera:
hecho estoy una quimera.

ALCALDE

    Siempre tú fuiste gran hombre.
    Yo por el premio venía
de la danza que enseñaste,
que en ella claro mostraste
tu ingenio y tu bizarría;
    y si en el mundo no hubiera
pajes, yo sé que durara
su fama hasta que llegara
la edad que ha de ser postrera.
    Clemente y Clemencia están
muy buenos, sin ningún mal,
y Benita con Pascual
garrida vida se dan.

(**Entra** UNO.)

UNO

    Sus majestades aguardan;
bien pueden ya comenzar.

PEDRO

Después podremos hablar.

UNO

Miren que dicen que tardan.

PEDRO

Ya ven vuesas mercedes que los reyes
aguardan allá dentro, y no es posible
entrar todos a ver la gran comedia
que mi autor representa, que alabardas
y lancineques y frinfrón impiden
la entrada a toda gente mosquetera.
Mañana, en el teatro, se hará una,
donde por poco precio verán todos
desde principio al fin toda la traza,
y verán que no acaba en casamiento,
cosa común y vista cien mil veces,
ni que parió la dama esta jornada,
y en otra tiene el niño ya sus barbas,
y es valiente y feroz, y mata y hiende,
y venga de sus padres cierta injuria,
y al fin viene a ser rey de un cierto reino
que no hay cosmografía que le muestre.
Destas impertinencias y otras tales
ofreció la comedia libre y suelta,
pues llena de artificio, industria y galas,
se cela del gran Pedro de Urdemalas.